今天上班的時候不知為何一直想吃紅豆麵包，
回家的路上連忙買了紅豆乳瑪琳麵包。
我想紅豆麵包和牛奶應該是很對味的。

裡面的乳瑪琳太多了，吃完以後有點反胃。

打工的人有100人左右，公司員工也很多。
對一大堆不認識的人就有點累了。
需要好長好長的時間。

有一個員工的髮型是最近很少見
可是以前很流行的那種，
覺得很有趣。
前面這一小撮是重點。

洗澡了嗎 要洗頭喔！

我最近提不起勁畫圖，每天過得懶懶散散的。
是因為天氣太熱嗎？ ← 偷懶而已

為了迎接夏天，家裡的冰箱裡存放了很多冰淇淋。
冰淇淋除了消暑，身體不舒服或發燒的時候也可以應急。
一個人住萬一生病也沒人照顧，什麼事都得自己來很辛苦。

明天求才雜誌會不會上市呢？不趕快找到打工的工作，我的心都懸在半空中。保佑讓我盡快找到工作～！

今天有一個貨到付款的宅配，可是我沒零錢，宅配的人也說他沒有錢可以找，我只好忍痛從存的50日圓硬幣中拿出來付。

少了6個

我打算明天早上就去買求才雜誌。From A的暑假特集好像也要出來了，我要趕快去買。

伸懶腰
再見嘍

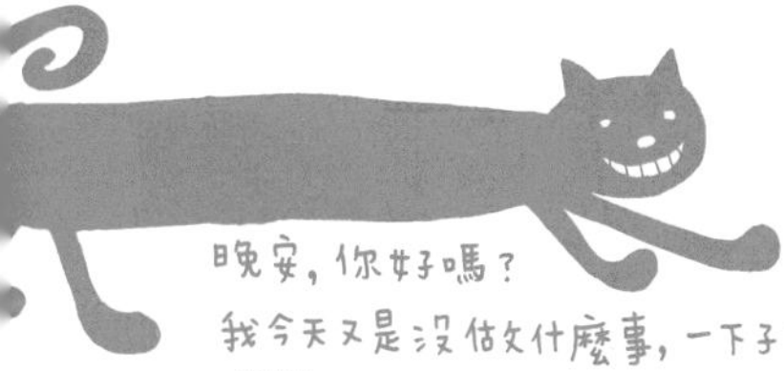

FROM
高木直子

貓咪
再聊嘍

晚安，你好嗎？
我今天又是沒做什麼事，一下子就過了一天。
感覺1天24小時好短喔。

摘自1998～2000年
左右的FAX

標語 → 可以喝酒，可是別被酒給喝了。

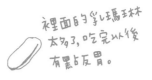

一個人住
第幾年？

高木直子◎圖文　洪俞君◎譯

一個人住也很久了。
呼啊～
在這房子也住很久了～
好睏……
搬到這裡幾年了呢？
噫？難道今年已經是第10年?!
有那麼久了喔?!
驚
上東京以後我住過幾個地方……
第一個公寓5年半
很小很小的套房
跟姊姊住2年
姊妹一起住
現在的房子
已經快10年
我已經一個人在這裡住了10年耶～
怎麼好像都沒這種感覺～
嗯～
摸摸
奇怪我怎麼覺得……
在第一個住處的那5年半比住在這裡的10年長呢？
一個人住東京嘍～!!

大概是因為剛開始一個人住的時候，每天都很忙亂又有各種事情發生的關係吧……
嗯？要怎麼去青山啊?!
忙亂
忙亂
參加插畫比賽的作品明天之內一定要完成～
慌張
慌張
糟糕～打工要遲到了～!!
東京MAP
嘩啦
嘩啦
不……還是因為……
人家說的，年紀大了就會覺得時間過得很快的緣故呢……？
不過邁入40歲之後，果然有很多事開始讓我覺得自己已經不年輕了。
限時90分鐘自助餐
耶～吃到飽!!
大吃
大吃
特吃
特吃
以前淨挑自己喜歡吃的東西大吃大喝，什麼也不考慮……
烤肉
再吃兩片五花肉就好了……
喜歡牛橫隔膜肉片和牛舌……
嗞～
嗞～
最近變得不能接受很油膩的東西……
已經兩年左右沒看醫生了～
上一次去是什麼時候？
以前很少上醫院，可是……
今年去看了內科、耳鼻喉科、骨科、牙科、皮膚科還有眼科……
碎念碎念
看醫生的次數也變多了……

以前經常重新布置屋裡……
把床移到這邊看看!!
加油
拉~
加油
拉~
現在也很少這麼做了……
這樣就好了~
因為會弄得很累
以前會想多聽聽新的音樂……
我沒聽過這樂團
是什麼樣的曲風?
NEW
試聽區
雀躍
歡欣
現在對流行音樂已經完全沒概念……
PAYA PAYA~
所以都聽老歌
哼哼~
哼哼
覺得疲勞一直無法消除……
來帖提神劑吧~
口服液
咕嚕-
記不住用片假名寫的名稱……
那家法國餐廳叫什麼名字啊~什麼什麼ㄑㄧ的—有紅色屋頂的那家~
?
覺得年輕人看起來好閃……
哇哈哈
哇喔~
啊~!!
不是說這些喪氣話的時候!!
我才只到平均壽命的一半呢!!
跟10年、20年後相比，現在的我還很年輕呢!!

對了！看來問題是出在我缺乏緊張過於安逸的生活!!
小心火燭
四下
張望
嗯～……這屋子未免和我太像了!!
一個人的日子雖然已趨定型……
嗯，那就把家裡重新布置一下吧!!好久沒這樣做了!!
嗚喔—!!
但有時也覺得生活逐漸在改變……
嗯，有點不一樣了!!
一點點而已……
有時也想嘗試新的事物……
偶爾來買張新CD吧♡
之前在收音機裡聽到覺得不錯的那首歌的……
喀嚓
喀嚓
衝
啊～想不起那個樂團叫什麼名字～
好像是叫啦什麼的或者是馬什麼的……
有時也感到不安，覺得自己這樣下去好嗎……
這本書就是敘述我最近的一些日常生活點滴。
前一陣子買來鍛鍊身體的伸展枕
嘿嘿
滾滾～
滾滾

目次

○○房屋
2DK
1LDK
2LDK

你擋到我了!!
喵～
喵～
哐啷

亂七八糟～
……

捏
捏
捏
捏
捏

吃飯嘍～
輕手輕腳～……

去做全身健康檢查

有一件事我覺得應該做
卻又一直拖延……
那就是……
全身健康檢查
哼~
在公司上班的話，
會有各種身體檢查……
上次公司健康檢查
我的肝指數偏高，
還要再做進一步檢查……
垂頭喪氣~
現在喝酒喝得比較少……
編輯
加藤小姐
然而自由業的我
不自己去找醫院做健康檢查，
也就沒有機會檢查身體……
真的?!
以前喝太多了~
我也應該好好做一次全身健康檢查才是!!
有幾次想報名體檢……
喀嚓
喀嚓
可是健康檢查也要花不少錢……
哇~
這裡要
10萬日圓
以上，
全身健康檢查
比較
好貴喔~
可是太便宜的
也不太好吧~
醫院也很多，不知道哪一家好?
雖然不覺得身體
有哪裡非常不舒服，
可是真的沒問題嗎？
譬如說
這裡啦
這裡啦
這裡啦……
一個人住
要是臥病不起
或是住院
該怎麼辦呢？
我的不安
一年年地
加深……
別再
囉哩囉嗦的，
趕快去
就是了!!
嗚喔!!!
像這樣不知
下了幾次決心，
這回終於決定去做全身健康檢查!!

※其實應該是和平常一樣的生活起居，體檢出來的結果才正確。

不久
醫院寄來了通知……
○○○診所
填好裡面附的問診單，準備就算完成了。
「是否有正在治療的疾病？」
否……
認真
填寫
「是否有抽菸的習慣？」
否……
前一天晚上9點以後就只能喝水，因此提早吃晚餐早早上床睡覺……
呼～
呼～
呼～
終於到了健康檢查當天!!
嚇!!
早～
我來到位於東京中心區大廈裡的那家醫院，一看嚇了一跳。
醫院很漂亮光線又好，簡直就像飯店的大廳一樣……
請問您是來做健康檢查的嗎？
閃
閃
閃
閃
是……是的。
我整個人突然緊張起來。
麻……麻煩您了。
撲通
撲通
撲通
在家裡留取的便便和尿液檢體
問診單

然後換上櫃檯小姐拿給我的健檢衣。
嗯～大都市的醫院好講究喔～
這裡是專門做健康檢查的醫院……
不安
忐忑
更衣室也很漂亮……
我是排9點半開始，在我之前已經有很多人在做檢查。
先生
先生～
已經這麼多人了!!
來健康檢查的人男女老少都有，可是以40～50幾歲的上班族男士居多。
大概是公司規定的體檢吧？
△△先生
□□小姐～
還是已經到了注意健康的年紀？
經濟
高木小姐～
好……
好的!!
這邊請
這時我被叫到去做第一項的抽血檢查。
嚇
我最怕針筒這類東西了……
左手的血管看得比較清楚，那我們就抽這邊吧～
好的～
啊～
咻
沒想到一點也不痛。
連針什麼時候刺進去的都不知道……
呼
那個人好厲害喔～

高木小姐～
是……是!!
接下來是照腹部超音波。
我躺下來把肚子露出來以後，技師在我的肚子上塗了像凝膠的東西，一邊壓一邊仔細地檢查……
請吸氣，再吸氣～
檢查肝臟和膽囊等
好，請憋氣!!
吸
吸～
轉
壓
從昨天晚上起只有喝水的我，
好，請呼氣～
停～
咕嚕～
咕嚕嚕
呼～
壓
轉
檢查到一半時肚子開始叫個不停。
好丟臉喔……
○○先生～
△△先生～
□□先生請進～
咕～
不知道有沒有影響檢查……
雖然有很多人在做各種檢查，
但我幾乎都沒怎麼等就一項接一項地輪到……
高木小姐～
啊，是!!
緊接著是婦科的檢查!!
這邊請～
怦!!!
啊～終於要檢查了～!!

我從來沒做過婦科方面的檢查，
可是朋友一直叫我要做……
我自己沒察覺什麼症狀，可是檢查以後發現有問題～
嚇一跳～
一定要去檢查啦!!
因此決定這次非做不可。
請把下半身的衣服都脫掉，然後坐在那張椅子上。
是女醫師的聲音～
好的。
呼
用圖簡單說明一下這張椅子的構造，
當患者坐上去後，椅子會一邊旋轉
並撐開患者的雙腿……
啊啊！
往後倒
嘰
迴轉
轉
開
打開
下半身會進到簾子的另一邊，
因此也看不見醫生……
請放鬆～
不安
忐忑
好的～
醫生開始做內診……
現在要把檢查的用具放進去～
撲通
撲通
對不起，壓一下肚子～
撲通
檢查沒我想得那麼痛、
那麼不好意思。
下半身是在簾子的另一頭，所以根本看不見醫生在做什麼……
高木小姐～
呼
而且只有在醫生壓我小腹時，才覺得有一點痛。
但我這口氣未免鬆得太早了!!
請在這裡稍等一下～
乳房攝影
啊!!
接下來還有乳房攝影呢!!

我聽過好幾個朋友做乳房攝影的經驗談……
痛得我忍不住都叫出聲來。
明顯分為痛和不痛兩派……
一點都不痛啊。
這項檢查一直讓我覺得非常緊張……
請換上這檢查服，然後到儀器前面來。
好……好的……
忐忑不安
用圖簡單說明這項檢查，將一邊的手臂放在機器上，另一邊的胸部往前挺……
像是用力頂住腋窩。
壓
然後會有一片像板子的東西從旁邊靠過來夾住胸部……
可能會有一點點痛，請您忍耐一下。
喔喔……
夾緊
當乳房整個呈扁平狀態時進行X光攝影。
那要照了喔～
左右兩邊都要做
我一點都不覺得痛。
我大概是不痛的那一派吧？
太好了～
接著又做了各項檢查……
量身高體重
151公分。
肺功能檢查
呼～
用力吹!!
心電圖
視力檢查
右邊……
上面……
聽力檢查

檢查過幾項後我習慣多了，心情也輕鬆不少。
難得可以這樣一次做好多檢查，好高興喔～
高木小姐～
哼哼♪
然而好戲在後頭!!
顯影劑攝影
請在這裡稍等一下
差點忘了還有這項!!
傳說中的顯影劑檢查!!
常聽人家說顯影劑很難喝，可是我從來沒喝過。
顯影劑很難喝喔～
要喝完真的很辛苦～
嗯～
我很緊張，不知道那東西究竟有多難喝……
請您先把這發泡劑和水一起吞下去。
檢查之前要先吃一種叫發泡劑的東西……
發泡劑？
喝完這個好戲也就展開了!!
旁邊？
喝完以後，請繼續喝旁邊的顯影劑!!
啊，這個嗎?!
咻
這是我第一次喝顯影劑……
咕嚕
咕嚕
咕嚕
請全部喝完!!
大概是因為肚子餓，我覺得顯影劑喝起來很像冰的優酪乳，還滿好喝的。

然後就沒有喘息的機會了!!
先向右轉三圈!!
從玻璃的那頭發出指令
咕嚕咕嚕
手一定要握緊扶手!!
好，請趴著!!
得一邊抓著漸漸傾斜的檢查台的扶手，一邊擺出各種姿勢……
轉
咕嚕
咻
好了以後再往相反方向轉圈!!
身體再向右一點，只有頭轉這邊!!
轉
而且還得拚命忍住不能打嗝……
好，請把頭抬高一點!!
不可以打嗝!!
咻
傾斜的角度很大
嗚嗚
不…不行……
真是一項折騰人的檢查。
不過有點像一場特別節目，還滿有趣的……
嗝—嗝
結束後盡情地打嗝♥
接著吃瀉藥幫助排出顯影劑……
咕嚕咕嚕
茶
檢查到此全部結束。
總共大約2個半小時，
比預期的還快。
結束
耶~!!

最後的重頭戲是聽醫生說明檢查結果。
忐忑
不安
高木小姐 您的檢查報告出來了。
這是胃部的X光片，每一張的胃都很漂亮沒有問題。
一長排一
原來我轉來轉去的時候，他們照了這麼多X光片。
好，身體向右轉一圈!!
停!!
轉
轉
身體朝上!!
不可以打嗝!!
太厲害了……
還有心電圖和肺功能也沒什麼問題。
代謝症候群的檢查也沒問題
呼
可是肝臟有一點點血管瘤……
這裡
模糊~
真的?!
不過這是很常見的，而且多半是良性，不需要擔心。
一年以後再來檢查的時候，再觀察看看，應該可以了解得更詳細。
好……好的……
憂心忡忡
不會一下子對身體造成影響
還有就是空腹時的血糖有點高。
血……血糖?!
打擊~

妳常吃甜食嗎？
好像也沒有……
打擊！
打擊！
那麼妳喜歡澱粉類的食物嗎？
嗯……我很喜歡澱粉類的東西……
還有啤酒……
雖然血糖還算在正常範圍內，不過以後飯前要多留意先吃蔬菜或先喝湯。
另外我們會再仔細看看有沒有疏漏的地方，詳細的檢查報告會在兩個星期以後郵寄給您。
這個給您
雖然沒有需要馬上再做進一步檢查的大病……
……
不過還是有一些令人擔心的小毛病。
爸爸也是糖尿病，我應該小心才行……
爸爸
搞不好有遺傳……
憂心忡忡
健康檢查的費用總共大約5萬日圓，但因為國民健康保險有補助，因此又退了3萬7千。
40歲以上還有追加的補助金，所以比原先預估的便宜~!!
40歲以上真好!!
另外醫院還給了我可以在特約商店消費的1千日圓餐券。
這個給您。
這沒有使用期限
繳費處

狗狗的假日
大人的假日
英語會話
儘管肚子已經很餓，但想到剛才吃了瀉藥，決定還是先直接回家。
轟隆……
轟隆……
提心
吊膽
咕~
咕~
咕嚕咕嚕……
不過做完檢查以後整個人感覺好輕鬆!!
轟隆……
咕~
轟隆……
嗯，從此以後我要更努力改善飲食生活，一年後一定要再去做健康檢查!!
下次應該做一些其他檢查!!
例如腦部或大腸癌的檢查!!
了解自己的身體並注意身體健康真的是一件很重要的事。
一個人住很容易變得懶散……
啊~好懶得做飯喔~
吃泡麵算了~
有生以來的第一次全身健康檢查也讓我好好反省這樣的生活。
開動了!!
咕~
終於可吃飯了~
今天的午餐是涼麵、炒青菜和蛋花湯

一個人住以後
有時會被人家這麼問……
一個人住以後，覺得最大的好處是什麼？
最大的好處……？
？
都不知道怎麼回答才好。
大概還是要數自由的時間變多了……
今天要來好好睡個午覺，不受任何人打擾!!
另外可以隨自己喜好布置家裡……
廚房小物都統一用紅色系的吧~♥
啦啦♪
可以在喜歡的時間吃喜歡吃的東西等♥
今天吃豬肉泡菜炒飯、馬鈴薯沙拉配啤酒!!
↑半夜1點
BEER
還有就是喝醉了太晚回家也不會被罵♥可以用自己喜歡的泡澡粉~♥♥洗完澡可以只圍一條浴巾出來也沒關係♥♥
呵呵 呵呵
還有~
那……壞處又是什麼呢？

壞處啊……
這也是有很多……。
有時候回到空無一人的漆黑家中，難免覺得寂寞……
宅配
招領通知單
我回來了～
便利商店
呼～
靜悄悄～～
一個人住也有很多的不安……
嘰嘎……
什……什麼聲音?!
是小偷?!
還是有鬼?!
嚇
還有就是一個人住花費也多!!
啊啊房租
水電費
伙食費
還有其他有的沒的
¥10000
也經常羨慕人家住家裡。
週末要借我爸的車去兜風～♫
我們全家要去旅行洗溫泉～♥
因為我媽媽生日～
帶我的狗狗一起～
……
生病了也沒人照顧……
蟑螂跑出來也嚇得要死……
放假一直待在家裡，有時一整天都沒和任何人說話……
結果一個人自言自語碎碎念……
呵呵呵……
嗯……
這麼聽來，壞處好像比好處多耶?!

住在老家時，雖然有很多很煩的事……
棉被偶爾也該曬一曬～
妳到底要在床上窩到什麼時候～
今天天氣很好啊～
哼哼散步～
啊～好煩喔～
可是沒有人督促提醒，生活也就容易變得懶散。
屋子裡怎麼亂成這樣……
全怪自己……
亂七八糟
既然一個人住就得自己好好地過日子!!
嗚喔～
從今天開始我要好好生活嘍～!!
於是決定為自己訂下一些規矩……
每天至少要打掃10分鐘
新規矩
一天打掃10分鐘
BOOK
碰到自己不在行的事……
嗚嗚……我不太會接電腦……
看說明書也很麻煩～
Mac
自己的事應該要自己做才是!!
嗚～
先把電腦從箱子裡拿出來～!!
Mac

努力嘗試以後發現原來自己一個人也可以做得很好……
辛苦了4小時!!
太好了~
YAHOO!
網路可以通了!!
只要有心，一個人其實也可以完成很多事。
啊啊~
啪!
也有辦法對付蟑螂……
不過偶爾回到老家，也就盡情地享受……
啊~還是家裡的飯好吃~
要不要再來點啤酒~?
飯還可以再添喔~
也深深感受到家人的可貴……
舒服嗎~?
吃!水梨吧~
多謝啦~
用腳幫爸爸搥腰
也發現原以為是理所當然的事，有時並非如此……
了解一個人的脆弱與堅強……
包括懂得那些用言語無法清楚形容的種種心情……
這應該是一個人住最大的收穫吧?
原來如此……
我這麼認為!!

最近的自己做飯二三事
雖然我一直都是自己做飯……
晚餐是隨便炒一炒的炒麵～
嗞～
不過總是隨便做一些很簡單的東西，會做的菜就只有那幾樣……
我想這也不是辦法……
於是某一天買回來了一本食譜。
鏘～
私房菜食譜
133道佳餚
很厚
好，那就先來把這裡面的菜都做做看～!!
做過的就貼上標籤，絕對要全部貼滿!!
私房菜食譜
呵呵呵……
可是照食譜做菜其實很麻煩……
嗯～……很多調味料都是家裡沒有的……
蠔油醬、雞湯粉、芝麻醬、辣椒醬還有花椒粉……
全部都得買回來嗎？
還有買回來的書上寫的分量都是4人份……
噫？醋三分之二杯？
這個……
那一人份該放多少？
私房菜食譜
結果分量和材料都越來越隨便……
搞不清楚，隨便吧～
把Ⓐ和Ⓑ一起放進大碗裡攪拌～
沒有紹興酒，那用日本清酒吧～

桌上擺的都是和平常不一樣的菜。
耶～!!
為自己拍拍手～!!
開動了～!!
鏘——!!
嗯～……這個雖然不難吃，可是我也不是很喜歡這味道～
嚼
嚼
或許是自己做得不好……
這個好吃是好吃，可是做起來很麻煩～
如果問我要不要再做一次……
嗯～……
要遇到完全符合自己需求的菜，還真難呀!
有一天像是中樂透般地遇見一道好菜。
哇喔～這道「甜椒香草雞肉飯」做法簡單……
味道又很合我的口味～!!
最近老是做這道菜的我……
今天也來做甜椒香草雞肉飯吧～!! ♪ ♫
呵呵呵……
已經不用看書就會做了～♫
紅酒
雞腿肉
想要把書裡的每一道菜都做過……
哼～♪
♫哼
……
私房菜食譜
不知道要等到什麼時候?!

今天也要加油!!
今天到超市買東西。
晚餐要吃些什麼好呢？
歡迎光臨
嘈雜
嘈雜
SALE
促銷商品
嘿嘿
馬鈴薯
1袋198日圓
現在開始展開鮪魚特賣會!!
喀啷
喀啷
哇
請盡量品嚐喔~!!
哇喔!!
想想我從小做事就經常不夠積極……
好想吃喔!!
很喜歡鮪魚
請用請用!!
新鮮而且油脂分布均勻喔!!
熱鬧
熱鬧
哇
現在長大了還是一樣……
來來來~!!大特價喔!!
數量有限喔!!
請用!!
請用!!
唉呀呀……
唉呀呀……
哇
徘徊
徘徊
歡迎品嚐喔~!!
鮪魚特賣會
啊，那裡空出來了~!♥
熱鬧
熱鬧
咻—
有鮪魚特賣會耶!!
請用!!
請用!!
好吃的生鮪魚喔~
哇—
衝衝
衝衝
還可以試吃耶!!
倒退

這是哪裡的鮪魚啊？
嗚嗚……希望我也可以變成那樣～
看到這種積極行動的人，總是打從心裡羨慕……
鹿兒島直送的
再讓我試吃一片嘛!!
請用～
可是消極的我也試吃到了。
因為人少了一點
好好吃喔♥
請來～
請用～
我決定晚餐吃鮪魚，小小奢侈一下!!
試吃過好吃，所以一定錯不了!!
嘿嘿嘿……♥
收銀處
嘈雜
嘈雜
680日圓
這年紀依然膽子很小的……
大排長龍～
嘈雜
嘈雜
嘈雜
唉呀～讓人家裝東西的檯子都滿了～
唉呀呀……
經常手足無措的我……
啊，同一棟樓的人！要……打招呼才行!!
點頭
僵硬笑容
你你好……～
啊妳好～
303
今天也一個人平安地度過一天～!!
鮪魚蓋飯好好吃喔!!
太棒了～～!!

一個人住
第幾年？
呆～

幫朋友照顧貓

～Kokonyan～

編輯松田小姐不在家的期間
把她的貓寄在我這裡。
那就
麻煩妳了!!
松田
小姐
KoKo妳要
乖乖的喔~
……
一路順風~
旅途平安~
Kokonyan是松田小姐
養了約10年的
蘇格蘭摺耳貓美眉……
哇~
好小喔!!
喵~
之後長得又快又大。
好像
又長大了……
不知道為什麼
很喜歡仰著躺
很~ㄤ!!
我也
喜歡貓……
可是以前見面的時候，
我太努力想討Kokonyan喜歡……
嘿~我們來玩
緞帶吧？
還是我幫妳
刷刷毛？
Koko
nyan!!
喵~喵~
喵~喵~
結果讓牠覺得很煩……
呼~
抓
啊~!!
房東同意我可以養貓，如果只是暫時幫人家照顧的話。

這次我決定盡可能保持距離，以免被討厭。
我沒養過貓，實在不知道怎麼討貓歡心……
狗的話我倒是養過……
喀嚓
喀嚓
如何對待貓
啊啊……可是看起來好好摸喔……
香口水……
好想摸一摸喔……
不行不行，這回是採取漠視策略……
在貓主動貼近之前，請忍耐不要靠近。
如何討貓喜歡……
當貓不希望別人搭理時，就不要去打擾牠。
當貓希望被摸摸時，不要吝嗇你的撫摸。
不要發出巨大聲響。
不要糾纏不休。
喀嚓……
嗯嗯 嗯嗯……
沒想到Kokonyan一下子就靠了過來♡
過來了耶~!!
滾
滾
這是不是要我摸摸牠的意思？
我心想……
嘿嘿 嘿嘿 嘿
心動~
不料Kokonyan躺在椅子的輪子邊，我根本下不來……
妳躺在那裡會被壓到啦~!!
我被夾在貓和桌子、牆壁之間動彈不得。
嘎
嘎
嘎
摸不到

沒辦法，只好一邊小心不挪動椅子
一邊工作……
該不會是
主人教牠
這麼做的吧……
妳要盯著
高木小姐
不要讓她離開
工作桌喔!!
總編輯
喵
忐忑
不安
幸好過了一會兒，
Kokonyan 又滾到旁邊去了……
滾
滾
呼
不過 Kokonyan 好像很喜歡
躺在有點危險的地方。
妳為什麼
躺在這裡？
會被我踩到啦~
話又說回來……
貓真的
很會睡……
滾
而且看起來
睡得
又香又甜……
光看就覺得
很幸福……
呼ー
呼ー
一起住了些
日子之後……
呼~
呼ー
呼ー

原本有些彆扭的共同生活也……
磨蹭!!
哇哇!!
噫？妳要吃飯了？
是不是有點早？
磨蹭
喵
磨蹭
喵
彼此漸漸習慣，多少可以互相溝通。
一肚子餓，就會用頭磨蹭你♥
照顧Kokonyan只需每天清清貓砂和餵牠吃兩餐，其實一點也不麻煩……
來～，吃飯了～
喵——!!
說是餵牠，其實也只是把牠平常吃的貓飼料放到碗裡而已，超簡單。
類似減肥食品
DIET
CAT
好吃嗎～？
喀吱
喀吱
喀吱
喀吱
如果什麼東西都可以給牠吃的話，真想跟牠一起吃生魚片～
生魚片同好會
喵喵～
與貓夜飲的夢想
然而麻煩的是貓毛!!
唉呀～!!
Kokonyan整隻毛茸茸的又不太讓人梳毛，很快家裡到處都是貓毛……
衣服和沙發上也都是毛～
滾
滾
滾
滾
滾
滾
滾
舔
舔
滾筒式黏把的膠帶很快就沒了!!

有一天我外出，晚一點回家。
唉呀～
轟隆……
轟隆……
糟糕……本來預定早一點回家的，碗裡也沒多放一點飼料……
搞不好肚子已經很餓了～
喵～
轟隆……
轟隆……
這種時候也是責任重大!!
Kokonyan 對不起，我馬上就回去了～!!
車站
衝
我一個人住，平常回到家家裡也沒人……
我回來了～!!
砰
靜～……
Kokonyan～!! 我回來了～!!
噫？Kokonyan……
呼呼～
氣喘～
喵～!!
咻
!!
這種有人等我回家的場面讓我好感動……
對不起，我太晚回來了!!
肚子餓所以很親人
喵—
感動感動～
我徹底迷上Kokonyan，完全無法漠視牠的存在……
嘿嘿嘿～
也可以讓我幫牠梳毛了♥
貓太后～
咕嚕咕嚕～

不過畢竟是人家的貓……
後來Kokonyan又回去自己的主人那裡了……
…
我又回到原本的一個人生活……
和風
吹拂
………貓已不在
請用ZARD的〈你已不在〉的旋律來唱
Kokonyan回去以後，我心裡空虛了好一陣子……
Kokonyan已經回去了，可是還是有很多毛跑出來。
呵呵呵……呵呵呵呵……
滾~
滾
滾~
滾
滾
滾
滾
後續回憶的整理~
不過很快又習慣了一個人的生活。
可是有Kokonyan的生活也很開心~
我要不要也來養隻貓呢……
啪
啪
可是在家工作的我平常已經很少出門了……
今天我們兩個也一起窩吧
喵—
預想圖
如果養貓我待在家裡的時間一定更長，這太可怕了……
雖然這麼想，還是希望有一天能實現養貓的生活。
需要人幫忙照顧Kokonyan的時候，請通知我~
別忘了喔~
安心

寫真記事

Kokonyan篇

相貌端莊✧

雍容華貴

好好工作喵～!!

緊緊守住椅子

不管睡再多還是很想睡～

抱手

可愛的睡姿

哪一個是Kokonyan呢？

呼呼～

像是喝醉酒的歐吉桑……

滾～滾～

嘴巴周圍的咖啡色斑點真可愛!!

…

妳好乖喔~♡

肚子的毛好迷人

吃飯的時間快到了吧?喵~

好想摸喔~

有時會用後腳站起來

咕~

我抓到魚了~喵~!!

緊抓

洗衣服
以前我的洗衣機是放在陽台上……
長年經風吹日曬雨淋，已經很老舊……
所以搬到室內有放洗衣機的地方的屋子時，
哇~♥
就下決心買了一台有烘乾機功能的滾筒洗衣機。
第一次用這洗衣機時，我高興得一直盯著它看……
果然是滾筒洗衣機，是縱著轉的耶~!!
隆隆
隆隆
歡欣雀躍
洗衣機的位置就在廚房水槽旁邊~
隆隆
脫水中
隆隆
所以平常也經常被當作流理台♥
滾筒洗衣機上面很好放東西
不料有一天把洗好的衣服拿出來一看……
打擊
哇啊~全是面紙的屑屑~!!
如果是和家人一起住，這種時候……
是誰把面紙放在口袋裡忘記拿出來的？
不是我~
我不知道~
是誰啊……?
我也不知道。
每個人都有嫌疑……

我記得把面紙拿來擦汗後
就放進口袋裡~
忘記帶手帕
嗚嗚……
可是現在怎麼想犯人都是我……
啪
啪
而且遭殃的也當然全都是自己的衣服……
嗚嗚……
乾了以後用滾筒式黏把清除了
滾
滾
我的洗衣機雖然有烘乾功能，
可是為了省電還是盡可能用晾乾的。
嗯~今天要來洗被套嘍~!!
塞
不過我們家的曬衣架位置很低很不好曬……
會碰到地上耶~
所以床單就晾在窗簾軌道上
啪
啪
嘿咻嘿咻
用洗衣夾固定。
我面對眼前的景象
模擬著室內裝潢，一個人自得其樂。
喔喔~或許窗簾用這種花朵圖案的也不錯~♥

天氣變化無常
天氣好的時候洗衣服也是一件樂事。
今天衣服應該很快就乾了~♪
啪
啪
積了很多要洗的衣服
很多
後來在外出的地點……
噫？好像要變天了!!
呼~
什麼~!!
有陣雨?!
觀天氣
iPhone
車站
糟糕!!我的衣服曬在外面~!!
外出地點離家不是很遠，決定立刻趕回家。
哇—
噠
噠
哎喲~烏雲越來越接近了~
轟隆……
轟隆……
這種時候真是叫人緊張不已……
哇~快點啦~!!
坐立不安
從電車往外一看，很多家的衣服也都還晾在外面……。
轟隆……
轟隆……
烏雲密布~
嘿~各位~!!快下雨了~!!
在家的人快去收衣服啊~!!
到站後，那一帶已經下起豆大的雨滴……
唉呀~!!
嘩啦
嘩啦
哇
等等我嘛~!!
噠
噠
噠

到家的時候已經是傾盆大雨……
嘩——
哇~!!
唰
唰
晚了一步
幾天後
天氣預報說下午會下雨……
至少早上可以先來曬一下棉被!!
噗
啾
啾
下午果然開始下起雨來了。
嘩——
果然下雨了!!
今天起連著幾天都會下雨，很高興能趁下雨前讓棉被通通風。
噫……我想說讓棉被多曬一會，要出門時再收進來……
哇
手忙腳亂
後來我到底有沒有把棉被收進來？
噫……
我再怎麼健忘也不會忘了收棉被吧……
嘩——
應該是我無意間收進來了……嗯……
忐忑
不安
不料回到家一看……
嘩~
哇~!!
濕答答~
趴
我這個蠢蛋~
一個人住……曬衣服收衣服都得確實留意才行!!

ㄎㄨㄥ
啊!!

讓我悲喜交集的家電產品

家裡的電器產品有時會在同一時期全都故障？
嗯~……
噗~
喀嚓
喀嚓
這吸塵器充好電也完全沒吸力~
會不會是電池老化了？
不能換電池的機型
喀嚓
喀嚓
才想說8年前買的吸塵器大概已經不行了……
噗~
結果吹風機也有問題……
怎麼發出怪聲，還有怪味……
好像要冒火花了……
嘎嘎
轟轟
數位相機的開關也不來電……
奇怪?!
奇怪了?!
按
按
按
沒動靜……
電腦也壞掉了……
哇~!!
還有……
劈哩啪啦
啪啦
啊啊啊~
約9年前買的烤箱微波爐也發出可怕的聲響……
哎喲~!!這什麼聲音啊……
打開
我只是想熱一下冷凍的飯而已~

會不會是什麼汙垢引起的？
最近都沒清理……
擦 擦 擦
於是把微波爐擦乾淨……
嗡
呼
好了耶
結果又可以用了，不料……
啊!!
砰!!
劈哩啪啦
啪啦
哇～又出怪聲了～!!
嗶
哎喲～嚇一跳，手去撞到了～
疼～
偶爾還是會發出可怕的聲音……
後來我嚇得不敢再用。
搞不好又會劈哩啪啦響……
發抖 發抖
心驚膽跳
嚇得不敢按
也想說要不要買台新的微波爐……
微波爐
劈哩啪啦……
劈哩啪啦……
哆嗦 哆嗦
心理陰影
可是已經對微波爐產生嚴重恐懼……

決定來過過看
沒有微波爐的生活!!
目標!!
沒微波爐生活!!
我本來就不會用微波爐
做一些很精緻的料理……
只是熱東西的話，
用蒸鍋
也沒什麼問題。
吐司用平底鍋
開小火烤，
也可以烤得
色香味俱全!!
也大多能用
其他鍋具替代……
但用微波爐機會最多的熱冷凍飯
這事該如何解決，就讓我很傷腦筋。
噫~
已經用蒸鍋
蒸很久了，
裡面
還沒解凍……
打擊~
喀
喀
咕
試過很多種方法，
最後決定用塔吉鍋來加熱。
嗯，
好像熱得
差不多了。
把冷凍的飯放進塔吉鍋
加一點點水用小火加熱，
等水分消失後熄火
把鍋子移開放置一會。
熱呼呼
或許還有
更好的方法
嗯~
沒有微波爐
也是有辦法
可以解決的~
嗶
嗶
嗶
嗶
嗶
噫?!
什麼聲音?!

哇！
洗衣機出現
故障代碼!!
嗶嗶嗶嗶
接下來出問題的是洗衣機。
看來問題出在
洗清的時候……
那就
從頭再來!!
啟動
嗶
從頭再洗一次
會不會就OK了？
然而重來一次
也又在洗清的程序時出問題!!
嗶嗶嗶嗶
唉呀～!!
傷腦筋的是洗衣機的門鎖住了，
沒辦法把裡面的衣服拿出來。
哎喲～
重新啟動電源還有
拔掉插頭重新插上，
門還是鎖住打不開。
拉
按
按
扳
扳
衣服一直
泡在水裡～!!
會臭掉耶～
看說明書也搞不清楚故障的原因
和怎麼打開門……
找電器行的人
來要花很多錢，
而且也不一定
馬上就會來。
讓人家
看到洗衣機
裡面的衣服也
有點丟臉……
決定上網查查解決的辦法。
嗚嗚……
救救我呀
搜尋的關鍵字
• 滾筒洗衣烘乾機
• 門
• 打不開
喀嚓
喀嚓
喀嚓
買了新的電腦

這才知道有人也跟我碰到一樣的問題……
請教各位!!
滾筒洗衣機的門鎖住了，重新插上插頭也沒用。衣服堆在裡面，不知道怎麼辦才好。
跟我一樣耶!!
而解決的辦法也很多。
有可能是設定了兒童安全鎖，請依照程序解鎖?!
或同時按安全鎖解除鍵和電源開關鍵即可?!
只有這樣?!
喔喔
還有這種小撇步?!喔
然而試了很多方法門依舊打不開……
哎喲~所有的辦法都行不通~
我該怎麼辦呢~
扳~
搖~
啜泣
啜泣
……噫？解鎖繩？
拿掉洗衣機前面的蓋子，可能會看到裡面有一條解鎖繩。
這時又發現另一個解決辦法。
嗯……前面的蓋子指的是這個嗎？
這種地方會有解鎖繩嗎？
轉
轉
轉
我半信半疑地抱著最後一絲希望拿掉蓋子一看……
啊！是這個嗎?!
裡面果然有一條像繩子的東西。

※此乃非正規方法，若要採用此法請自行負責。

享受輕柔的觸感
前幾天買了材質像貼身衣物一樣柔軟的被套……
柔軟 柔軟
附枕頭套
天竺織法
為什麼以前都沒想到用這種的呢～♥
觸感輕柔我好喜歡
柔軟～
啊啊好軟好舒服喔～♥
好想一直窩在這裡面喔～♥
窩窩
窩窩
摸摸
早上11點才終於起床……
我該起來了……
……啊
蓬亂
頭髮
起身……
難得好天氣，把棉被拿出去曬……
嘿～
噗
被套也拿去洗!!
喔～
丟
被套裡有防止被胎移位的綁繩……
把被套內的綁繩……
綁在被胎的布耳朵上

這件事我老是做不好……
嗯……繩子在哪裡？
呼～裡面好熱喔～!!
窸窸窣窣
亂七八糟
自己也鑽進被套裡
啊～好不容易綁好了，竟然裝錯角～!!
有時也會做出這種事
……
頭髮蓬亂
打擊一
露出來～
這天傍晚把被套收進來時，突然靈機一動……
嗯……搞不好先把被套翻成反面……
這樣來綁繩子……
嘿咻嘿咻
然後再翻過來……
哇喔～!!
翻
原來這麼做很快就可以弄好了……
說不定其他人也是這麼做的……？
我終於發現了這方法……
曬過的被子加上剛洗好的被套，好舒服喔～!!
蓬鬆
柔軟～!!
這天晚上也舒舒服服地進入夢鄉。

一個人的秋日假期
日本人說藝術之秋……
所以我今天一個人上美術館。
立體主義世界特展
藝術
藝術
接觸各種藝術作品雖然愉快……
嗯嗯嗯嗯
裝懂
可是我也很喜歡逛逛館內的紀念品店。
有很多很有趣的東西耶~
創意T恤
海報
絲巾
包包
藝術傘
畫集
買了一個有點奇怪的雕塑打算擺在家裡。
嗯~!!家裡也需要藝術~!!
好漂亮!!
逛一圈美術館也很消耗能量的。
不知道可不可以撐到家裡……
咕~
咕~
ART
找個地方吃午餐再回家吧……
直到現在一個人進店裡吃東西時依然會緊張……
嗯~吃什麼好呢……
東張西望
一個人還是去漢堡店好了……

不……難得到東京都心來,應該去氣氛優雅的咖啡屋之類的地方才是……
可是又不太敢進去~
心情上是覺得去日本料理店也無妨……
定食
撲鼻
The cafe
嘈雜 嘈雜
噫?!
猶豫了好久,結果被大蒜的香味吸引……
歡迎光臨~
嗅 嗅 嗅
搖晃~
進了義大利餐廳
很難抗拒這種味道……
嗚……Bolognese是什麼樣的麵?Capellini?Orecchiette?Genova風味?
請問要點餐了嗎?
忐忑
不安
Lunch Menu
¥1000
偶爾這樣享受一個人的假日也不錯。
呵呵呵……也點了紅酒♥
不愧是熟女~
L'amatriciana
午間紅酒 400日圓
然後慢慢散步回家……♥
啊啊~已經是秋天了~
嗯~……可是這個雕塑放在我家好像有點突兀……
太有特色了……
砰~
ART
大家也好好享受藝術之秋吧~!!

紀念品
出外旅行逛逛紀念品店也是一件樂事。
歡欣
雀躍
哈哈哈
達摩是這附近的名產嗎？
好可愛喔~
這個小花瓶也很不錯耶~
買一個回去當紀念好了
……
我有時這麼想……
所以家裡有一大堆莫名其妙的東西……
這是在哪裡買的……

亂七八糟～～

開始分租辦公室

我的生活之所以很容易變得懶散，
一個很大的原因
是我工作的地方就在家裡。
滴答
滴答
滴答
滴答
呼～
唉呀～
睡到快中午……
是應該
起床了……
搖晃
搖晃
搖晃
也沒有固定幾點開始工作，
所以每天都很晚起……
然後洗衣服弄吃的……
咕嘟
咕嘟
呆～
動作
遲緩
早餐兼午餐
綜合電視節目
本週的娛樂新聞
嘩啦
嘩啦
呆～
洗衣機的聲音
嚼
嚼
塩辛
接著也沒什麼急事……
呆～
啪
啪
下午2點才終於
坐到工作桌前。
嘿咻！
一直穿著睡衣

哎呀～
加藤早上8點
就給我mail了～
她起得真早～
編輯
收件時間：今天 8:03
早～。
前幾天跟妳談的那件事，如此如此
這般這般～。
我再打電話給妳。
加藤
好不容易想開始工作，
結果又在網路上漫遊……
哇哈哈
悠哉～
喀嚓
喀嚓
喀嚓
叮咚～
嚇
哇哇!!
這是
您的東西。
謝謝！
糟糕，我竟然穿睡衣……
叮鈴鈴～
震動……
嚇
哇!!
對聲音很敏感
啊，是是，
我剛收到稿子。
我已經起來了～
糟糕糟糕!!
大家都在努力工作了!!
我也要開始
認真工作了!!
奮起
終於開始工作，
可是……
嗯～
嗯～
沒有靈感
想不出點子，放棄了～
很快又開始偷懶……
躺～
黑狸子

不知不覺間天也黑了……
起得晚果然覺得時間很短，很快就天黑了～
嘎～
啊，衣服還沒乾……
然後吃吃晚飯……
做了番茄義大利麵～
看看電視……
我好想念你～現在就想見你～
無所事事
轉眼之間已經半夜。
哇哇～我今天一天都在做什麼呀?!
有的人今天非常努力工作，有的人今天和許多人見面加深彼此的交流，也有許多人在今天創造了燦爛回憶……
而我今天一整天都一個人待在這屋子裡，工作也沒進展，吃飯也是把家裡有的東西拿出來湊合，只有見到宅配的人……
頹喪
頹喪
嗚嗚……
也還沒洗澡……
經常像這樣開始厭惡自己……
如果一直過著這種懶散生活，我看我很快就痴呆了～
好擔心喔
我一直覺得不能這樣下去……
我要去分租辦公室!!
因此漸漸出現這樣的想法。

還是應該把生活和工作的地方分開!!
工作和休閒分開是很重要的!!
每天早起換衣服出門和人家見面道早安!!
喀嚓
我如此心想，連忙上網查查……
最喜歡半夜上網查東西
價廉!!
適合自由工作者
鄰近車站
辦公室分租
辦公中心招募新會員!!
有單人用間!!
老民房翻修的分租辦公室有庭院
喔～!!
最近很多地方都有分租辦公室，類型也很多。
很多～
哇～這辦公中心還有漂亮的咖啡屋耶～
在這裡休息一定很棒～!!
哇～這裡是文創型辦公中心～
不知道會不會有同業～?
在大都市高級辦公中心工作的人也都很時髦吧～?
我如果去那種地方，生活會不會變得多采多姿?
直子～我們去常去的那家法國小餐廳喝一杯吧～?
呵呵呵呵呵
之後我去看了幾處辦公中心……
參觀一天是嗎?
是的～
終於決定在一處辦公中心租個位置!!

就這樣我開始了分租辦公室的生活……
嗶嗶嗶嗶嗶……
啾
啾
嗶嗶……
喀嚓
嗯~……已經8點了……
我該起來了……
首先準時起床準備早餐……
啊……
咕嘟咕嘟
嗞~
有時間的時候也自己做便當……
今天是帶三明治~♥
然後搭電車通勤。
嗚嗚~早上的電車果然人很多~
擁擠~
車轔隆……
車轔隆……
擁擠
擁擠
說是辦公室，其實這裡也沒固定幾點得到，我們幾點來都可以……
早
服務台
也沒有固定的座位，可以找自己喜歡的空位坐……
啊，有一個很好的空位!!
所以最好是早一點來占喜歡的位子。
好！我今天要在這裡努力畫分格圖~!!
筆記型電腦

費用一個月15000日圓，沒有時數限制。♥

在辦公中心工作的感想是……
嗯
在家裡干擾的因素太多，很容易分心……
嗶！嗶！
家事
哇哈哈
電視
點心
漫畫
叮咚！
客人
午睡
沒有這些，也就可以專心工作!!
沙 沙 沙
雖然偶爾也會有這種誘惑……
哇！好可愛喔!! 我來看看!!
小小狗高興得打滾影片（3分鐘）
不過如果旁邊有人，有時也會放棄這種念頭……
抬頭挺胸
不行不行！讓人家看到未免太丟臉了！
而且也有聲音……
餐飲區
午餐就吃自己帶來的便當……
嚼～
沒帶便當時就買東西回來或者出去外面吃
下午也不睡午覺繼續努力工作……
沙沙
沙沙
沙沙
沙沙
差不多告一段落時結束回家。
今天工作很有進展～♫

啊，這件裙子好可愛喔～
SALE
好想買一件這樣的裙子。
外出的機會多了，也就更想好好裝扮自己……
對不起，我可以試穿那件裙子嗎？
可以的
USA
RICE BALL
ONE ONE
去平常去的超市買東西……
晚餐吃什麼好呢～
咕～
啊，有這個帶便當時應該會更方便……
特價品
培根丁
有時也會這麼想……
我是不是有點像粉領族？
閃～
或許是因為一個人在家工作的日子太長了，連這種平凡的日常生活都讓我覺得非常新鮮……
嗯～明天來做蛋包飯便當吧～
飯也用預約煮飯的功能好了～
唰～
唰～
唰～
我還滿喜歡這久違的通勤生活……
呼～
呼～

但通勤後漸漸了解一件事⋯⋯
我去的那家辦公中心有各式各樣的人⋯⋯
外語流利
職業也形形色色
我跟妳說~
喀嚓
喀嚓
不過我的工作是一個人默默進行，加上生性怕生⋯⋯
⋯
幾乎沒有和別人說話的機會!!
沙沙
沙沙
沙沙
沙沙
這辦公中心有時也會舉辦聯誼會，讓像我這樣的人也有機會和大家交流⋯⋯
第5次聯誼晚會
報名費 1500日圓
感覺很新潮，而且大家都興致高昂。
上次的聯誼會照片
紅色踢踢!!
大家乾杯!!
可以想見自己不能融入，一個人在旁不知所措的樣子!!
孤零零
耶~
咻~
哇!
哇哈哈
可是我沒勇氣參加⋯⋯
我總是孤孤單單的，所以⋯⋯
⋯⋯
噫?
影印 1張 10日圓
有時有人來找我⋯⋯
啊，高木~?!
服務台
MF
就會高興得不得了♡
哇 加藤 是妳啊?!
哇~
哇~
MF
我拿稿子來給妳了~

話又說回來，得在家裡才能進行的工作也很多……
例如上色
色筆太多了帶不過去
嘰嘰嘰嘰
嘎啦嘎啦
砰
聲音和味道也都很擾人……
所以漸漸固定一個星期去辦公中心工作3天。
今天要在辦公中心畫分格圖～
之後雖然我在那裡依然沒有朋友……
我跟你說～
嗨
辛苦了
哇哈哈
……
默默
默默
工作
但是去辦公中心不僅可以提升工作效率，也可以出門換心情……
今天努力做到很晚～
嗯～
分格圖完成了～!!
很高興自己下決心分租辦公室。
在外面一整天，一回到家……
呼～終於到家了。
喀嚓……
我回來了～!!
還是在家裡自在～
躺～
又可以重新體會到家裡的舒適。

要來影印嘍~!!
打開

明明有飯了，
還另外帶飯糰。

裡面
放的是湯

很想做一次看看的
可愛造型便當

帶便當去
辦公室～
♪

很麻煩，
以後不要
做了……

最愛的
飯糰
便當♡

泡了即席味噌湯

納豆卷便當

在台灣買的
雙層便當盒

寫真記事

便當篇

沒有飯時帶的拿坡里義大利麵

炒飯便當

便當裡常常有水煮蛋（因為很簡單）

不能自己做便當時買的午餐

愛吃柿子♡

有時會想吃炒麵麵包♡

蛋包飯加竹輪便當

高級

難得闊綽地吃鮪魚壽司當午餐

耶~耶~♡

鮭魚便當~~♡

我很怕生，
在學校也很難融入
大家的圈子裡。
熱鬧
熱鬧
哈
哈
不知所措
最近一直都是
過著一個人在家工作
的日子，也就忘了
這事……
默默
…
工作
可是時隔多年
在辦公中心進入群體，
發現自己還是不善於
融入大家的圈子裡……
嘈雜
嘈雜
哈哈哈
偷偷
摸摸
唉～原來人
不管活到幾歲，
個性都是一樣
不會變～
哈—
倒是有點
佩服自己……

番外篇

超愛飯糰

約8年前一次刊登完的故事，敘述我對飯糰的熱愛。

我從小就很喜歡吃一種東西，
那就是……
飯糰
平常就算沒要去哪裡，
有時也會做飯糰……
捏
捏
海苔
鹽
可是一個人
在家吃自己做的飯糰
當然好~
嚼
嚼
也不覺得好吃。
有時會突然想吃的
還是……
媽媽做的
飯糰……
呆~♡

現在我沒住家裡，
所以很難有機會吃到媽媽做的飯糰。
東京
三重
爸媽住在老家
不過小時候也不是經常可以吃到飯糰……
給妳～
平常是把飯盛到碗裡吃……
只有一些比較特別的日子
遠足
旅行
轟隆……
轟隆……
運動會
哇
哇
捏
捏
賞花
媽媽才會為我們做飯糰。
或許我一直這樣認為，
可以吃到飯糰的日子
＝
(等於)
歡樂的日子
但飯糰這種只用飯捏成的簡單料理
飯糰
真的很讓我心動。

在便利商店或飯糰專賣店買的飯糰
雖然也好吃，
24
24h
三角堂
越光米
不過我最喜歡的
還是媽媽做的飯糰。
雖然沒什麼特別，
但總覺得還是媽媽做的好吃。
為什麼媽媽捏的飯糰特別好吃呢？
我曾經為了這疑問仔細觀察
媽媽的手……
用這手捏的吧～
盯～
呼～
呼～
暖桌
媽媽的手
哪有什麼祕密？
拔院子的雜草，
草的汁液和泥土
都滲進手紋。
粗糙
嗚……
其實那根本稱不上
是一雙漂亮的手。
除了媽媽做的飯糰之外，
讓我印象深刻的美味飯糰
是以前去阿公阿嬤家
玩的時候……
我這麼一發牢騷……
我肚子好餓喔～
剛才不是吃過飯了嗎？
……
阿嬤
阿公
咕～
咕～
咕～
我也是～
弟弟
妹妹
這個給你們吃～
阿嬤端出了親手做的飯糰……

飯糰上只撒了一些香鬆，
裡面什麼東西也沒包……
海苔蛋
可是卻那麼好吃……
好好吃喔～♡
狼吞
狼吞
虎嚥
狼吞
虎嚥
狼吞
那好像是我第一次
也是最後一次
吃阿嬤做的飯糰，
但現在偶爾還是會想起。
那飯糰味道
好柔和喔～
回想～
海苔蛋～
阿嬤在我9歲的時候
去世了……
雖然同樣是用飯捏成的
請用～!!
壽司的話
我會想吃壽司師傅捏的……
不過我覺得飯糰
還是信賴的熟人做的吃起來安心，
這也是我喜歡飯糰的一個原因。
那個人
做的飯糰
一定可以
放心～♡
捏
捏
捏
熟人
好好吃喔～～♡

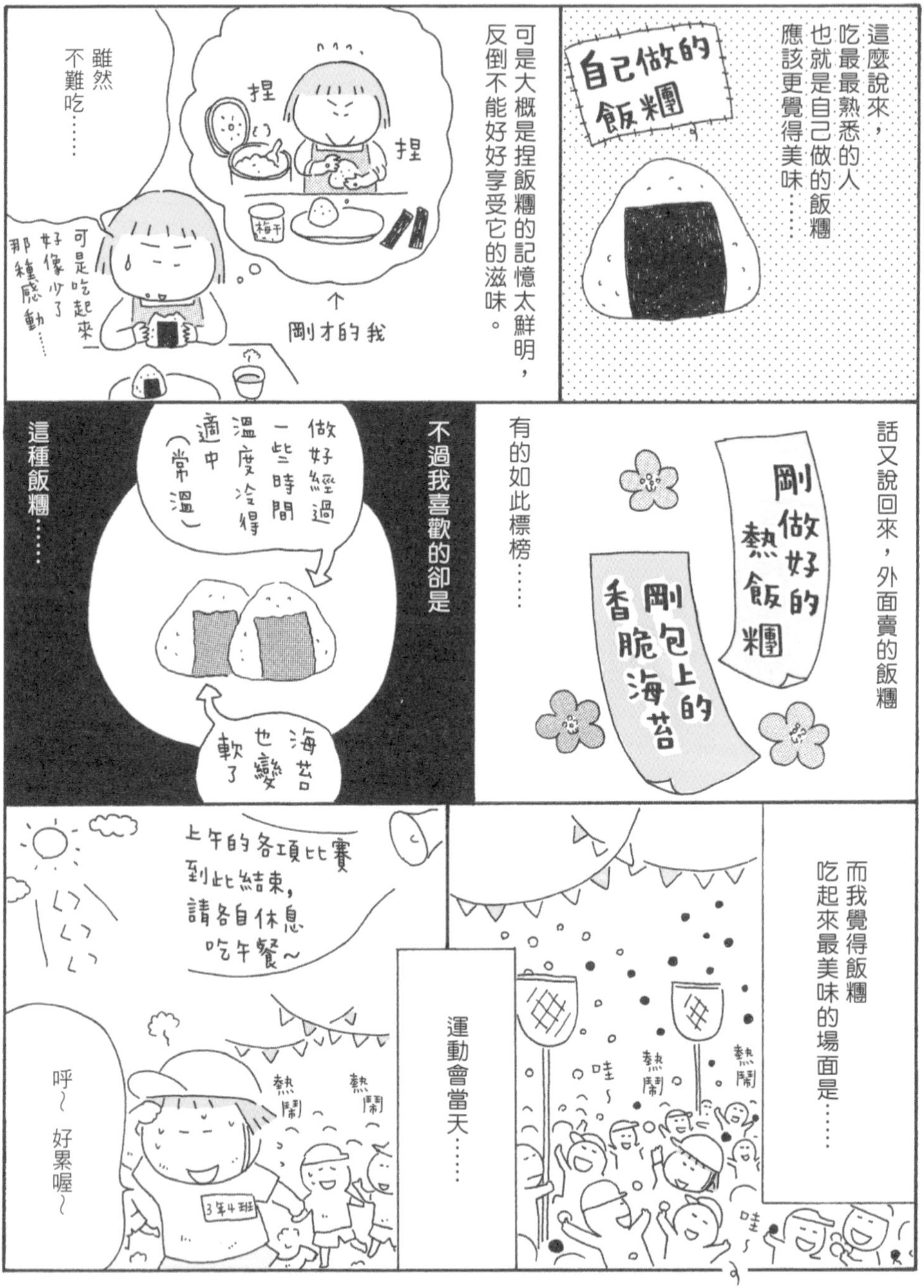
這麼說來，
吃最最熟悉的人
也就是自己做的飯糰
應該更覺得美味……
自己做的飯糰
可是大概是捏飯糰的記憶太鮮明，
反倒不能好好享受它的滋味。
捏
捏
剛才的我
可是吃起來
好像少了
那種感動……
雖然
不難吃……
話又說回來，外面賣的飯糰
剛做好的熱飯糰
剛包上的香脆海苔
有的如此標榜……
不過我喜歡的卻是
做好經過
一些時間
溫度冷得
適中
（常溫）
海苔
也變
軟了
這種飯糰……
而我覺得飯糰
吃起來最美味的場面是……
熱鬧
熱鬧
哇～
哇～
運動會當天……
上午的各項比賽
到此結束，
請各自休息
吃午餐～
熱鬧
熱鬧
呼～
好累喔～
3年4班

來吃便當了~
午餐是媽媽早上就幫我們做好的便當。
熱鬧
熱鬧
啪噠
哇~
啪噠
姊姊
裡面有好多好多飯糰!!
打開
鏘鏘
喔~♡
跑來跑去的肚子也餓扁了……
坐在藍天下吃飯糰真是美味極了♡
狼吞
虎嚥
洗手了嗎?
吃了飯糰，下午的比賽也就精神百倍!!
哇~
加油
哇
可是跑得很慢……
就這樣運動會也結束了……
閉幕典禮
今天~
大家都表現得非常好~
家長會
全身疲憊地回到家……
我回來了~
我回來了~
媽媽他們比我們早一步回到家，東西就堆在門口。
堆放

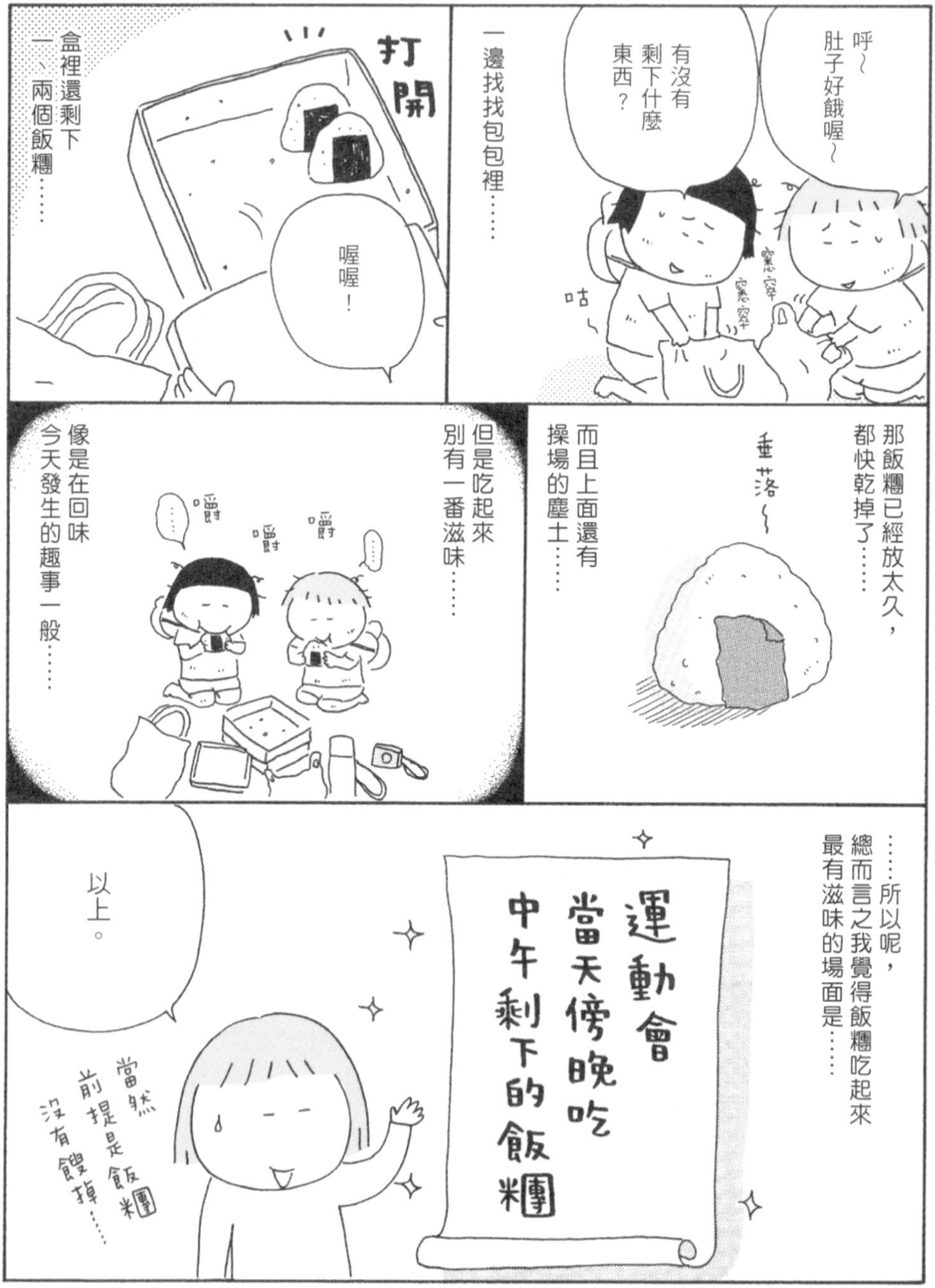
呼～肚子好餓喔～
有沒有剩下什麼東西？
一邊找找包包裡……
窸窣窸窣
咕～
打開
盒裡還剩下一、兩個飯糰……
喔喔！
那飯糰已經放太久，都快乾掉了……
垂落～
而且上面還有操場的塵土……
但是吃起來別有一番滋味……
嚼
嚼
嚼
……
……
像是在回味今天發生的趣事一般……
……所以呢，總而言之我覺得飯糰吃起來最有滋味的場面是……
運動會當天傍晚吃中午剩下的飯糰
以上。
當然前提是飯糰沒有餿掉……

基於這種喜好，最近我做好飯糰後也先放些時候不馬上吃……
蓋上保鮮膜
幾個小時以後……
啊，對了！有飯糰～
拿來吃吧～♡
這麼一來，飯糰也變成我喜歡的那種冷冷的飯糰，飯糰是自己做的這記憶也變得模糊……
飯飯糰糰～♡
哇
太好了～
記憶力怎麼這麼差……
……可以用比較純粹的心情享用自己做的飯糰。
這程序我叫它「熟成」。
雖然只是放著而已……
如果再弄個白煮蛋就更有便當的氛圍
我家的微波爐烤箱有飯糰加熱的功能鍵……
冰箱
可是我從來沒用過。
BOX LUNCH
RICE BALL
MILK
MICRO
還故意寫英文

儘管用了這種小花招，
我最想吃的
還是媽媽親手做的飯糰……
母親大人……
學 一休和尚
如果便利商店琳瑯滿目的飯糰中
也有媽媽飯糰，那該多好……
芥菜
鮭魚
鱈魚子
媽媽
梅干
昆布絲
鮭魚子
我有時這樣幻想。
年紀也不小了，
還說想吃媽媽做的飯糰♡~
我是不是太嬌生慣養了?!
離不開父母?
有時也會有點擔心……
不過偶爾在電視上……
如果明天地球就要毀滅,你最後想吃的東西是什麼？
出現這樣的問題時……
看到「媽媽的飯糰」
排名在很前面。
① 壽司
② 牛排
③ 媽媽的飯糰
④ 蛋糕
⑤ 味噌湯
⑥ 一定什麼都吃不下
⑦ 茶泡飯
拉麵
原來大家想的都差不多，
就會稍微放心些。
哇哈哈……
唉~
大家都一樣~
TV

因此上次回老家的時候……
轟
回老家過年
拜託媽媽做飯糰給我吃。
媽~
哼~哼
嗯~?
做飯糰給我吃，好不好嘛~?
餅乾
TV
什麼~~~……飯糰妳自己做就好了~
哇哈哈
特殊才藝
蛤?
不要煩我……
不料媽媽回答得很冷淡。
我這個難得回來的女兒在拜託妳耶~
好不好嘛~
捏一下很快就好了嘛~~
搔
搔
最後在我千拜託萬拜託之下……
真是拿妳沒辦法……
耶~
媽媽終於答應了。
嗚喔喔~~~我連作夢都夢到這景象……!!
捏
捏
捏
海苔
滿心期待
感動~……

期待已久的媽媽親手做的飯糰擺在眼前……!!
很多~
哇喔~
這時同樣從東京回老家過年的姊姊出現了。
早~……
過年所以很晚起床
哇?! 媽妳做了飯糰喔?!
是啊~
耶~飯糰耶~♡
哼 妳這個人……
這可是我做的
拜託媽媽耶~
好久好久沒吃到媽媽做的飯糰……
姊姊也很喜歡吃飯糰
感動~
還是那麼好吃……
今天我依然在東京……
好想吃飯糰喔~
咕~
SEVEN
如此想著。

捏
捏
捏
捏
捏

沉浸在柔和的芳香中

你有時候會不會覺得自己住的地方有怪味呢？
我回……
喀嚓
撲鼻～
噫?!
什麼味道?!
嗚嗚……這味道是從哪裡來的？鞋櫃嗎？
還是流理台下面的排水孔?!
趴下
嗅
嗅
嗅!
化身探測犬
是冰箱嗎？
是浴室嗎？還是洗手間？
有什麼東西爛掉了嗎？
到底是哪裡啊？
是垃圾桶嗎？
嗅
嗅
嗅
嗅
嗅
該不會是我身上吧?!
嗅
嗅
嗅
結果還是搞不清楚怪味道是從哪裡來的？
於是決定來薰一下精油。
甘菊的香味好療癒喔～♥
以前去旅行買給自己的禮物
這次買薰衣草和迷迭香試看看吧♥
依蘭花？
精油專櫃
薄荷和甜橘也不錯吧～♥

不料有一天擦地板的時候……
哼哼哼~♫
啊!!
哐啷—
砰
嗚嗚……
我薰精油的生活也就一下子結束了……
偶爾來擺擺真的花吧……
咚
在超市買的298日圓
屋子裡有花果然感覺不一樣。
呵呵呵……一邊賞花一邊吃點心~♥
今天是吃大布丁~
不但心情變得美麗，也增添了女人氣息……
而我最愛的花是百合
燦爛奪目
衣服等沾到花粉就很難洗乾淨所以要先摘掉。
不僅花很耐，而且開的時候也香氣迷人♥
所以我最近有時會買花回來擺飾
要消除異味最重要的還是經常通風~!!
今天坐墊也要拿出去曬一曬~

東西越來越多
我24歲時上東京開始一個人的生活……
西望
東張
不安
忐忑
如今已經過了好幾年。
已經一個人住幾年了～？
呆～
現在
起先我的東西只有半個日式壁櫥的量……
單身搬家貼心專案
MOVE
辛苦了
後來又添了很多東西……
不知不覺間東西也越來越多。
…
很多～
有很多東西是從開始一個人住一直用到現在，
棉被和鍋子是把家裡多的拿過來……
已經很舊了……
可是熨斗和電話都還好好的沒壞～
不過我最近毅然決然地汰舊換新了兩個東西。
之①
首先是
瓦斯爐!!

上東京之前我在老家那裡的一家搬家公司打工……
主人
這瓦斯爐還很新，可是要搬去的地方是用桶裝瓦斯不能用這種瓦斯爐……
都市瓦斯專用型
丟掉太可惜了，不知道有沒有人要？
噫？
對不起，我再來要一個人搬去東京，那瓦斯爐……
真的嗎？！那太好了～！！
請妳拿去用！！
可以給我嗎？
自我推薦
也因為那太太給人感覺很好，所以我一直很珍惜這個瓦斯爐……
奇怪……怎麼老是點不著……
不過瓦斯爐也開始故障了，終於決定買新的。
喀嚓
喀嚓
喀嚓
第一次買瓦斯爐的我……
哇～種類好多喔……
哪一種好呢？
IH
嵌入式
忐忑不安
省能環保
大燒烤架
哇～！！烤架現在有兩面同時燒烤的耶～
而且還有烤魚的自動功能？！
高興看著各種最新功能……
這個的話應該可以烤得恰到好處～
這個又是什麼～
玻璃檯面？！
看樣子很好清理～！！
買的雖然是功能簡單的普通瓦斯爐……
耶～火一下子就點著了～♥
按
咻
可是非常好用，我很滿意。
聲音也很安靜～♥

另外一個汰舊換新的東西是……
之②
鏘～!!
電視～!!
一個人住以後買的電視錄影機用了好多好多年。
租錄影帶回來了～
我要說明一下電視錄影機……
是電視機錄放影機一體
出租錄影帶
錄放影的功能很久以前就壞了，可是電視還可以看……
DVD的話用電腦也可以看～
老舊……
也就一直沒買新的……
算了吧～
也變成DVD的時代
有一天有一個國小男生到我家來……
哇～好酷喔!!
古時候的電視耶～!!
對喔?!
對現在的小孩來說，映像管電視是很罕見的～
亂講話
這個就是那個吧?!
她兒子
編輯
哈哈哈
古時候的電視……
貞子從裡面鑽出來的那種電視!!
貞子
取自電影《午夜凶鈴》
噓～!!

電視賣場
4K
最後終於決定買新的電視……
買電視對我而言也是自從那電視錄影機以來的第一遭……
……
哇—
哇—
砰~!!
那我乾脆買一台大電視好了。
呵呵呵……
我夢寐以求的家庭電影院……
啥米~?!
32吋的超薄電視只要2萬6千8百日圓?!
沒想到不知不覺間電視的價格變得這麼便宜。
大特價
好……
好便宜喔!!
儘管想了很多,最後還是買了適合房間大小的電視。(我就是那種放不開的人)
NEWS
24吋
不過這樣也已經很大了,看起來舒服多了♥
那個14吋的電視錄影機當時好像是買3萬多……
新世代電視
世界最高畫質
東張西望
可是現在的電視畫面又大又清晰……
以前電視好像更貴吧?
在這些東西的陪伴下,我今天依然過著優遊自在的一個人住的生活。

想說來畫電視錄影機的故事，沒想到……
編輯
我想還是註明一下電視錄影機是什麼東西比較好。
噫？！
對……對齁，年紀輕一點的話，可能有人已經不知道電視錄影機是什麼了……
唉呀～
被這麼一提醒，覺得有點打擊……
十幾年前，那可是一個人住的人都想要的家電呢！！
電視和錄放影機一體，好先進喔～！！
也不占空間～♥
我想起來十幾年前有一個朋友的電視是和家庭遊樂器一體的……
這裡可以放遊戲卡匣～
好棒喔～！！
她大概已經把那個淘汰掉了吧……

Let's 斷捨離！
……
亂七八糟～

東西不知不覺間就越來越多了。
奇怪？
塞
塞
以前燙衣板明明是收在這裡的，
怎麼會放不進去呢？
擠
擠
砰
住了將近10年的這屋子的儲藏室已經是飽和狀態……
我原本就是個捨不得丟東西的人……
這碎布以後可能會有用。
留起來吧～♥
雖然有時覺得房間亂七八糟反而自在……
難得一個人住，當然希望有自己喜歡的東西圍繞陪伴。
看住在約有40年屋齡老家的爸媽……
兩個人住
家裡堆著長年來持續增加的東西又窄又不方便，而且也不知該從哪裡整理起……
亂七八糟
好痛喔
那個東西到哪裡去了～
窸窣
窸窣
砰
我不想變成這樣……
不可以變成這樣……
非常好的負面教材
我一定要減少家裡的東西才行!!
於是毅然決然地決定斷捨離。

以前我對「斷捨離」並不太感興趣……
東西留下來，說不定哪天能派上用場。
要懂得惜物
我想改變一下這種觀念，於是先買書來看。
是否認為不穿的衣服可以拿來當家居服，因而積了許多衣物？
哇～我經常就是這樣～
嗯嗯嗯嗯
嗯嗯嗯嗯
超人氣整理術
斷捨離
不用的或老舊的東西一直堆著會影響您的運勢……喔……
喔喔……
看完書時我也超想開始整理東西。
好～我要來清東西了～!!
頭腦簡單
決定先從衣服開始整理。
平常老是說沒衣服穿……
很多～
很多～
這麼一看，才發現我的衣服還真多……
哇～這條裙子我很喜歡，以前常穿，可是好像也有3年沒穿了……
這已經有點太年輕了……
這件衣服我也常穿，可是仔細一看，已經很舊了……
決定把這些很少穿或舊的衣服通通丟掉!!
這件變形的T恤也已經不穿了!!
這件洋裝也穿很久了，可以再見了!!
丟
丟

也努力整理了塞得滿滿的書架……
嘿咻！嘿咻！
家裡也堆了很多已經不用的東西……
壞掉的電腦
不能用的周邊機器
不能充電的吸塵器
舊棉被
不合用的伸縮桿
請大型廢棄物和資源回收業者來全部搬走。
麻煩您了～
好的
電腦
家裡的東西變少了……
呼～!!
我也隨著高興起來……
更想整理東西!!
今天要來整理流理台下面～!!
喔－!!
哇～保鮮盒全都滾出來了!!
我到底想裝多少飯去冷凍啊!!
嘎啦
滾～
嘎啦

我的壞毛病是買了新的東西，舊的還捨不得丟。
買了新的平底鍋
有時候可能還是會想用舊的!!
留著吧!!
譬如乾炒的時候……
就是因為這樣東西才越來越多。
根本都沒在用!!
舊的東西就丟掉!!丟掉!!
沙
沙
沙
沙
不可以
哇～這裡還插著兩把舊菜刀!!
小
大
這把菜刀是我上東京以後買的便宜貨……
幾年前終於換了一把好一點的……
嘿嘿嘿～買了好一點的菜刀～
看起來很利～
舊的就丟掉吧！
可是像家庭趴踢有很多人來的時候，或許會用到……
想～
我想切一下起司～
我想切一下法國麵包～
舊菜刀可以嗎？
對不起，我正在切烤牛肉～
於是把舊菜刀留下來……
可是後來也沒開過家庭趴踢，舊菜刀也一直放著。
這個也丟掉!!
用瓦楞紙包起來!!

之後又丟掉很多不用的東西……
今天是收不可燃垃圾的日子～!!
嗚喔—
嘩啦
嘩啦
嘩啦
嘩啦
接著終於決定著手最應該整理的地方。
終於要整理這裡了……
這裡
我上東京以後的許多東西都塞在這儲藏室裡……
喔喔……
嘰嘰……
很多—
也有很多以前畫的畫。
啊～這是開個展的時候展覽的畫～
哇～這是自我推銷時努力做的插畫冊。
好久沒看了～
NAOKO TAKAGI ILLUST RATIONS
蜜柑
當時一心想從事繪畫方面的工作，摸索著畫各種各樣的畫。
偶爾也來畫畫風景畫，不要老是畫人物!!
塗
塗
塗
嗚喔—
隔一段時間冷靜地一看，感覺又不一樣。
知道自己想往哪個方向走，可是要走這條路線就得再深入些，打造出自己的風格，不然就沒特色。
這張畫給人感覺很陰沉～工作上很少有地方會用這種畫，大概也很難打出一片天地吧？
高姿態地看過去的自己

而且還有一大堆亂塗鴉的畫。
很多—！
我怎麼連這種東西都留下來呢?! 真是的!!
所以東西才越來越多!!
……噫？這邊這些紙是什麼？
很多
嘩啦
嘩啦
這……這是……
這些是上東京以後和家鄉那裡朋友間的傳真信。
當時還沒有電子郵件，電話費也很貴，所以把想說的話密密麻麻地寫在紙上傳真……
傳去三重嘍!!
嗶嘰～嘰～嘰嘰……
重新再看一遍，發現內容真的很無聊……
不小心錯過最後一天的相撲比賽。安藝乃島輸了，真可惜。真希望看他和武藏丸一決勝負。另外，若乃花落後真是跌破了大家的眼鏡。
嘿咻 嘿咻
妳好 Komi醬好像不是全國性的商品。東京這邊也沒有賣 Sanjirushi、Ichibiki的產品耶。
終於買了電風扇 高轉速 有擺頭、強弱兩段式功能的最新機型。
好涼喔
很不錯吧～
一個人吃什錦火鍋
想說要存點錢，就買了一個撲滿回來。跟人家說：「我買了撲滿，要開始努力存錢。」結果被笑跟小學生一樣。有人告訴我，撲滿裡只存50日圓硬幣累積起來會很可觀，所以我打算這麼做。
他們還告訴我平常買東西的時候要盡量讓人家找回50日圓。
撲滿當然非豬公莫屬。
再聊嘍
寫傳真信這事我是記得，可是沒想到寫了這麼多……
一事無成就要進入2000年了～～。
不知道當時有多閒多寂寞……
還有上東京17年來收到的賀年卡。
很多—！

取自當時的傳真信

啊～好懷念這個人喔～!!
哇，這個人也是～!!
都沒聯絡了，不知道過得好不好～
哇～○○結婚時候的照片～
哇～已經是14年前了～?!啊～
哈哈哈，這張賀年卡好好笑喔～!!
偏離正題
這是我上東京第一年收到的賀年卡吧?
哈哈哈
現在再看看以前的賀年卡……
1999年
恭賀新禧
加油
回來記得找我玩喔♥
有沒有好好吃飯呀～?
如何呢?東京的生活
迎春
不要硬撐喔～
兔年
一切都好嗎?
千萬要小心門戶!!
祝妳在東京發展順利
A HAPPY NEW YEAR 1999
要保重身體喔～!!
賀年
新
很多都是擔心我在東京的生活……
原來有這麼多人擔心我……
感動～……
嗚嗚……
不由得有點感傷起來……
這樣怎麼可以斷捨離呢?!
這些回憶銘刻在心就好!!
再見!!
這些也再見!!
嗯
丟
丟
丟
……儘管這麼說，一些回憶很多的東西還是捨不得丟。
這些先留著吧～
還是捨不得……
儲物箱

還有工作相關的東西也很難取捨。
哇……
很多～
一個人住第5年
150cm Life
一個人上東京
28本
以前出的單行本的原稿……
不過能丟的東西還是盡量丟……
為什麼連和編輯聯絡的草稿都留著呢？
所以東西才會這麼多!!
影印起來留底的也不要了吧～
丟
丟
丟
不斷地把東西清出來……
今天有資源回收～!!
呼……
呼……
家裡的斷捨離總算大致結束。
東西少很多了～!!
原本塞得滿滿的儲藏室也空一點了!!
可是感覺屋子裡東西還是很多……
為什麼看起來還是亂亂的……
好，那就再來一次斷捨離吧!!
這邊好像還可以再清掉一些嘛!!
現在正在思考第二次的斷捨離。

養成自我的習慣
一個人住又是自由業的我……
生活散漫，很難早睡早起。
咻……
咻……
呼～
呼～
想改變生活的我去年開始了一項習慣，
那就是……
看晨間連續劇～!!
以前我早上起得太晚，幾乎都來不及看晨間連續劇……
嗶嗶嗶嗶嗶……
嗚嗚……
7點55分……
啊……還有5分鐘連續劇就要開始了……
我……我該起來了……
窸窣
窸窣
開始這項習慣以後，總算可以在早上8點起床。
不過通常還是半睡半醒的狀態，所以一邊看電視一邊做伸展運動。
呆～
花子
哇
哇
※自認為是在做伸展運動
15分鐘的晨間連續劇結束，我也終於清醒過來。
大家早
asaichi
啊啊～
開始做早餐吧～!!

另外，外出晚上才回到家時，最近也習慣做一件事……
啊~太晚回家了~~
我回來了
喀嚓
那就是一回家馬上先放洗澡水!!
嘰
嘰
嘩—
第一件事!!
以前回到家以後，經常拖拖拉拉地才去洗澡……
懶散~~
啊~該去洗澡，可是好懶喔~
再等一下吧~
TV
先洗好澡也就辦完一件大事!!
撲通~!!
哇~
然後再來過得懶懶的……
啊~
開始想睡覺了~
雖然有點早，還是去睡覺吧~!!
晚安~
這就是我最近用來改善作息時間的兩個小習慣。
撲通~!!

懶散過後重新振作
沒事的假日很容易在家裡過得懶懶散散。
雖然醒來，可是還窩在床上。
嘿嘿嘿
漫畫
懶散～～
肚子餓了，可是冰箱裡什麼都沒有～
終於起床
也懶得去買東西～
咯吱咯吱
結果吃飯也吃得很隨便。
吃泡麵和果凍就算了～
為什麼呢？
哇哈哈
搞笑節目
呆～
米菓
吃飯如果吃得很隨便，接下來也是會繼續懶散……
不知不覺就到了傍晚……
嘎～
嘎～
驚
又睡著了
啊……噫？已經這時間了?!
然後開始厭惡自己……
嗚嗚……我一整天都沒出門，吃飯也隨便吃，過得懶懶散散的……今天一天什麼事也沒做……
啊啊
真是太糟糕了……
不，今天還沒結束!!
我現在就去跑步!!
我換上了慢跑衣。

我幾年前開始的跑步這項運動，是一個人可以隨時輕鬆進行的運動。
傍晚跑步～!!
可是我為什麼帶著東西呢……
這是因為我想把一直沒拿去洗的衣服順便拿去洗衣店。
我這個要送洗。
好的。
今天雖然哪裡也沒去，不過在公園跑步就有些森林浴的感覺……
傍晚的風好舒服～
慢慢
在公園旁邊一家好吃的瑪芬蛋糕店，買了他們最後的兩個瑪芬蛋糕♥
買到了～太好了～!!
明天的早餐
拿著瑪芬蛋糕跑步
最近到家附近的超市大採購……
超市
終於買好了～
我外出跑步還順便辦很多事。
到家以後好好泡個澡，然後好好吃頓晚餐。
好高興有出去買東西～♥
懶散地過了一天之後，不妨傍晚去跑步喔!!

到百圓商店採購
逛百圓商店其實很有趣。
進去百圓商店看看~
100円 SHOP
我家附近就有一家，所以有時會去逛逛。
每次去都會嚇一跳，東西為什麼這麼便宜?!
這麼大的篩子只要100日圓?!
這麼精緻的儲物瓶也是100日圓~?!
哇~拖鞋也是100日圓!!
而且還很可愛~
橄欖油也100日圓~!!
是特級冷壓橄欖油耶~
OLIVE OIL
羽毛球拍也100日圓~?!
還附羽毛球~
好便宜喔~!!
噫……蟹肉罐頭?!
蟹……
蟹肉罐頭也100日圓……?!
是真貨嗎?
太便宜有時反而覺得有點可怕……。
而我常買的是「玉米棒」綜合口味10包裝。
玉米棒(10日圓)×10根
100日圓
裡面有各種口味
家裡備有玉米棒，肚子有點餓時拿來當點心吃很是方便。
吃一根吧
ㄎㄠ ㄎㄠ
這種大包裝的，很容易吃太多……。
玉米點心
80g

10日圓的東西10包裝100日圓，也沒比較便宜……
在便利商店
可是我覺得一根一根分開買有點不好意思，所以喜歡這種包裝。
臉紅～
嗶 嗶
分散 分散
另外有時也會買迷你拉麵的綜合包……。
這也買回去，肚子有點餓時可以吃～♥
呵呵呵……
經常肚子餓的女人……
100日圓
迷你拉麵 4包裝
用馬克杯沖泡剛好
大約6年前在百圓商店買的綠色小植物……
小小的好可愛～!!
小植物 100日圓
放在窗邊照顧後，它漸漸地越長越大……
唉呀呀
快速成長
好像快倒下來了～
買了一個大一點的花盆回來換……
搬到大一點的花盆去吧～
土
結果長得更快更大……
現在已經是家中很體面的觀葉植物!!
你以前才100日圓耶～
很大～!!
……這麼一想就更珍惜它了。♥

家裡有很多在百圓商店買的東西……
東張西望
嗯~……
啊
四下看看哪一個歷史最悠久……
應該是這個吧！
味噌用篩
從我開始一個人住一直用到現在……
原本是老家的東西被我拿來了。
上東京前打包
這個味噌用篩很少用，給我好了~
其他還有
而且才100日圓
所以不清楚到底是什麼時候買的……
味噌用篩是不是都用不壞啊……
我還滿常做味噌湯的呀……

幫朋友照顧貓

~Momota~

我又在幻想有沒有人要把貓託我照顧……
喵一!!
傻笑
傻笑
對了，跑步的時候順便把一些看來不錯的旅行廣告單放到松田小姐家的信箱好了。
松田
丟
丟
住得很近
傻笑
松田家如果出去旅行，Kokonyan可能又會來我家……
可以麻煩妳照顧些日子嗎？
你們好好去玩吧～
傻笑
正當我這麼想的時候……
高木，妳可不可以幫我照顧貓？
我突然要出差～
真的!!
大概是老天聽到我的祈求，這回換照顧加藤的貓。
不好意思，那就麻煩妳幾天了。
哪裡哪裡～!!
妳放心去出差吧
喵一
加藤的貓 Momota（公貓2歲）
探頭
混種
這裡是哪裡？
以前去加藤家玩的時候見過Momota……
哇
Monmo Monmo～!!
Momota的小名
喵～
滾
滾
牠一點也不怕生，很親人，很可愛。
乖～乖～!!

Kokonyan 是找牠玩
牠也沒什麼反應……
Kokonyan～
妳看，
玩具喔～!!
嘿～!!
嘿～
嗡～
嗡～
…
妳很煩……
可是還年輕的
Momota 就非常高興。
嘿～
Momo～
這裡～!!
嘿～
嘿～!!
嗡
嗡
嗡
嗡
跳
噠
噠
噠
啊!!
抓
扯斷
哎呀～
買回來的玩具
一下子全都被
弄壞了……
還很興奮
呼
呼
呼
太笨了
噠
噠
不知不覺只顧著跟貓玩……
不過當然也是要工作。
哈哈哈，
好好玩齁～
掰手
掰手
我要來
做點工作了。
照顧貓的這段期間
我不去辦公中心改在家裡工作，
可是……
哇!!
衝

啊～
貓也會爬到
這上面來耶～
喵
躺～
踩
嘿～
你踩到我的圖稿了!!
以前Kokonyan
頂多只爬到矮桌上而已，
所以我也不太在意……
蹬
吱嘎
不過貓的跳躍能力
真的很厲害。
這樣我不能
打鍵盤啦～
喵～
妨礙工作
嗯～
以前在
養貓的人的推特上
看過這種畫面。
現在我也體會到了……
可是我一點
也不生氣……
我不是跟你說過
不可以了嗎～
嗯～？
想跟我玩是嗎？
躺
躺
著迷
著迷
對了!!
我來幫你
做個房子好了?!
靈機一動!!
等一下喔～
很快就好了。
嘰嘎
嘰嘎
嘰嘎
嘰嘎
結果把工作拋在一旁，
開始用紙箱做起貓屋。

鏘～!!
Momota的貓屋做好了～!!
MOMOTA
PAPER (5P×20A)
哈哈哈，怎麼樣啊～
喜不喜歡啊？
MOMOTA
轟隆
轟隆
噠噠噠
不管我做什麼牠都好高興，真是可愛極了～
好～我去買新的玩具回來給你～
呵呵
呵呵
呵呵
衝～
寵物用品
牠應該會喜歡這種逗貓棒吧～
會不會比較喜歡這種有老鼠的呢？
哇～這個是給貓踢腳用的抱枕耶～!!
還有這種東西喔～?!
貓咪踢枕
嗯～不由得買很多玩具
給孫子的阿公阿嬤大概就是這種心情吧……
買太多了……
一大包
耶～
耶～
阿孫耶!!
阿孫耶!!

回到家……
靜悄悄……
我回……
噫？Momota你在哪裡？
喀嚓
Monmo~
四下張望
唰
咻
噫？該不會跑到外面去吧?!
Monmo~
Mon……
驚
啊，原來你在那裡!!
扭頭
哇~你可以爬那麼高喔~
你看新買的玩具喔~
這樣很危險，你下來吧~
Monmo
對了……貓不喜歡人家太黏牠……
沮喪
現在可能是牠想獨處的時間……
沒辦法……那我來做點工作吧！
是的……貓有時很任性，有時又很冷漠……
我們各自獨處了些時間……
嘎ー
嘎ー

不久Momota又過來撒嬌……
哇~你踩到我的畫稿了啦~
這是要交給你主人的畫稿耶
躺
躺
所以給牠吃吃東西……
你肚子餓了吧？
你的飯來了~
喵~
把剛買回來的玩具拿給牠玩……
哈哈哈 真的在踢耶
踢 踢
幫牠刷刷毛……
客人您看起來很舒服哩~
唰
唰
…
又一起玩玩……
哇~跳得好高喔!!
哈哈哈，玩很久了~
你的體力真好~
呼~呼~
不過，我們差不多該睡覺了~
踢 踢
呼 呼
噠 噠
我決定上床睡覺……
Momo~晚安~明天再玩嘍~

玩具又壞掉了……

……嗯？
窸窣
窸窣
窸窣
跳
哇!!
探頭
進到被窩裡來了!!
窸窣
Kokonyan在我家時，有時也會跑來跟我一起睡……
呼ー
呼ー
呼ー
也會用頭撞我的頭叫我起床……
喂！
起來了!!
我肚子餓了!!
砰
砰
嚇
不過我還是第一次碰到貓這樣鑽進我的被子裡……
Momo～你要這樣陪我是嗎？
啊～
咯吱
咯吱
窸窣
窸窣
對我這一個人住很久的人來說……
好可愛喔～!!
真是深得我心啊……
心動～
第二天起又每天盡情跟貓玩。
嘿～Momota～
哈哈哈
喵～
著迷
著迷
看你抓不抓得到～

但是……
砰——!!
謝謝妳!!我來帶Momota回家了!!
謝謝妳幫我照顧Momota。
那是一點小禮物
不客氣……
主人來接Momota回家了。
喵~
Momota~我們回家嘍~
噫?你的毛變得又順又亮耶……
啊……因為我每天幫牠梳毛……
Mon mo~
膩在一起
光亮
真的~?Momota,你好幸福耶!!
我們走了~
啊,高木,我等妳的畫稿喔~!!
喵~
啊……好的……
驚
Momota回去後剩我一個人獨自面對許多歡樂時光的殘骸……
……
嗚嗚……
Mo……Monmo~
貓走了……
PET
和截稿日期逼近的畫稿。
努力
努力
努力
嗚喔~!!
真想把貓的手借過來!!

寫真記事

Momota 篇

Momota的屋子

做好了!!

可是不知道為什麼睡在上面……

ZZZ

還加了很多裝飾

踢枕

再多摸幾下嘛~

很會撒嬌♡

抓

瞄準獵物的眼睛……

想洗手，結果嚇一跳……

哇~!!

踢踢
跟我玩嘛～
我們來玩吧～
我們來玩吧～
我們來玩吧!!
不跟我玩，我就攻擊你!!
想跟我玩？
想跟我玩？
不跟我玩，我生氣睡覺了!!
不高興

嚮往的新生活
有點想來搬家，所以最近有時會找房子。
有沒有什麼新的物件出來～
租賃資訊
喀嚓 喀嚓
跟現在的地方相比，我希望新住處的條件是……
①再大一點!!
②有景觀宜人日照充足的陽台!!
③可以養寵物!!
養寵物是我長年的夢想。
我回來了～
主人，您回來了～
汪 汪
喵喵
好乖好乖～
啊～狗很可愛沒錯，可是貓也很可愛～!!
不知道該養貓還是養狗～!!
租賃
好難決定喔～
啊～
先找好房子再來想這個問題啦～
……
不過可以養寵物的房子還是非常少。
嗯～這個屋齡有點老……
這個離車站很遠，而且朝北……
可養寵物
距離車站步行17分鐘……
極力推薦
由陽台可望見公園!!步行5分鐘就到車站!!
哇，這裡不能養寵物，可是超棒的!!
外面的景觀真漂亮～!!

最近走在路上也會看看房子……
啊……這裡不是很新，可是感覺很不錯耶!!
念頭一閃
可以想像自己住在這裡的樣子~!!
很不錯耶~
真想住看看~
幻想~
一個人在陽台優雅地喝紅酒~♥
哎呀……那公寓感覺很溫馨，可是房租貴得嚇死人……
回家後上網查詢
18萬日圓
那瞬間浮現住在那裡的情景都成了泡影……
夢想破碎……
驚
哼~
哼~
喵~
喵~
不對不對!!
要可以養寵物的!!
喀嚓
喀嚓
喀嚓
像這樣一面看房子一面想像新生活也很愉快呢!
想像著比現在好一點點的美麗生活……
養狗很好
養貓也不錯……
呼~
我今天依舊在現在的住處入眠。

譯註：日本和室壁櫥標準尺寸為寬1.8m，深0.9m。

搬家真辛苦!!
要開始一個人住時……
東西很少，那就用廉價的單身搬家專案吧。
集物櫃
大約一個壁櫥的一半
我找的是這種輕鬆搬家專案……
這裡面放得進去的，他們全都會負責搬運。
沒想到開始打包後發現東西還真多……
糟糕……搞不好那集物櫃裡放不下……
家人送的
很多
棉被
書
畫材
衣服
餐具
衣服
對了，可以把衣服放到洗衣機裡……
有效利用空間~♥
嘿嘿~我真聰明~
塞~
塞~
5年半後要搬到另一個住處時，用的是一般的搬家專案……
那就找這家搬家公司吧!!
好便宜!!
超低價搬家
找的是網路上看到的最便宜搬家公司……
您好!我是超低價搬家公司!!
當天來的是一個比我爸爸年紀還大的男人……
安
我自以為聰明，不料搬家當天卻被念了。
這樣搬的話，洗衣機可能會故障喔~
啊~
對不起，我馬上拿出來~
不過東西總算全都放進去了……
很多
很多

我要搬去的地方位在3樓，沒有電梯……
看他一個人搬得很辛苦……
氣喘
吁吁
Mac
我的電腦……
那人很和藹可親……
呼—!!
哇~那箱裡面全都是書~
可是卻讓我覺得很不好意思……
幫忙
對不起~
書
因此2年後又要搬家時，我以作業員2名以上為絕對條件上網去找……
嗯……這裡應該沒問題……
又是上網……
燦燦搬家
當天來的是兩位年輕的男性作業員!!
我們是燦燦搬家!!
而且其中一個看來很有力氣
鏘—
他們動作俐落很快就把東西都搬完了。
對不起，借過~
咻咻咻
擋路
哇~
幾次的經驗下來，我大概掌握了搬家的要領……
呼~總算搬完了……
新居
還得拆箱……
但下次搬家不知又會如何……

拒絕推銷!!
有時一個人在家裡悠閒地休息時……
啊，電話！
RRR
potato
喂～
太太，您好～
我們是車站前新建的公寓大樓分售中心～
喀嚓
哇～是來推銷的～
這次我們特別低價推出擁有最新設備的2房1廳到4房1廳～
滔滔不絕
而且還叫我太太……
對不起～我還沒結婚，不是太太～!!
氣
啊，非常抱歉～那這位小姐請問令堂在嗎？
蛤?!
令堂?!
嗚嗚～這也不太對呀～!!
嗯～我現在是一個……
驚
嘿！慢點!!
potato
我怎麼可以告訴陌生男子說我是一個女人家自己住呢……
嘻嘻嘻
潛入犯案……
……
喂～喂～?

我一個人住!!
算了!! 管他的~
麻煩
啊啊，是這樣子喔~!!
真是非常抱歉!! 那這位姊姊~ 我們也有深受單身貴族歡迎的房子，例如2房1廳~
每個月的分期貸款從10萬日圓起，付款輕鬆，而且~
滔滔不絕
滔滔不絕
叫我姊姊?!
錯過時機的我，之後便苦無機會可掛電話……
啊~
推銷的電話真叫人頭疼……
呼~
終於掛斷電話
電話號碼是從哪裡洩露出去的呢?
我家的電話機沒有號碼顯示功能
不過還是要怪自己不能當機立斷掛掉電話……
我們家不需要!!
斷然
砰!
應該像這樣……
下次我的態度要堅決一點!!
耶耶喔~!!
雖然這麼想，可是後來……
啊，太太您好!
啊，我現在剛好有客人~
呵呵呵
謝謝再見~!!
喀嚓
我還是經常只會用這招。
當然家裡根本沒客人

今年是我上東京第18年……
不知不覺已經這麼久了……
剛上東京的時候，連走在東京街頭都忐忑不安……
東張西望
忐忑不安
再過幾年，住在東京的日子就要比在家鄉三重長了……
啊~
這麼一想不由得不勝唏噓。
這麼說來，再過幾年我的人生的一半都是一個人住嘍……
哎喲~
這也很令人感慨……

還要一個人住多久？

之後我仍持續一週3天上辦公中心的生活……
今天是上班的日子～♪
但也對這樣的生活起了點疑問。
便當
單行本作業的忙碌期，有時會想請著色的助理幫忙……
整本書都是彩色版，顏色上也上不完～
家裡
誰來幫幫我啊～
嘰嘰嘰嘰～
砰
嘎啦
嘎啦
但是請幫忙著色的人到辦公中心工作也不方便……
可是請人家到家裡來，也沒有地方加桌椅。
工作間兼客廳
也不好意思請人家在矮桌工作。
嘰嘰嘰～
傷了腰就糟糕了……
是不是應該搬到更大的房子，弄一間像樣一點的工作間……
嗯～……
這樣下去，哪天我的右手一定會出問題……
有時也這麼想……
所以三不五時上網看看房子……
哎喲～這房子是夠大，可是房租貴得嚇死人～
租賃資訊
全都不能養寵物～
考慮到將來，我是不是應該不要一直用租的，乾脆自己在這一帶買個房子……
很多房子都可以養寵物……
也為老了以後著想……
另一方面也這麼想……

可是要買的話，是不是在以後都是一個人住的前提下去選房子？
一個人住的公寓大廈？
現在這階段就決定未來的事，也未免太可怕～
可是根本也沒譜要和誰一起住～
假想的某人
模糊～
要不要喝杯茶～？
盯～
一個人住久了，太習慣一個人的生活……
住在家裡的時候是什麼感覺？
最近已經摸不清跟人家一起住會是什麼感覺。
這公寓是適合一般小家庭的吧……
啪
啪
缺乏戀愛經驗的我……
例如認識了一個非常喜歡的人……
啪
啪
想跟這個人一起住……
將來會不會有這樣的一天呢……
嘎
嘎

雖然一直描繪不出自己未來的樣子……
老了以後乾脆去住鄉下也不錯吧~
一面種種花啦……
彷徨中
塔莎·杜朵 (Tasha Tudor)
山與海
之後一位朋友要租一間辦公室……
妳願意跟我一起分租嗎？
她問我……
什麼?!
於是決定先遷出辦公中心。
耶~現在是自己專用桌子和椅子了~
也可以放工作用品和電腦了!!
NEW工作間
比以前更可以靈活運用，也可以請人來幫忙著色。
這……這裡全部都塗上膚色。
好的。
趕稿中
助理
喘~
喘~
環境也很舒服，所以現在一星期的大半都上工作室工作……
也曾工作沒做完睡在工作室……
呼~
呼~
把椅子併起來睡覺
家裡不需要工作間了，那也不用搬家了吧……
其實最近也很少在家……
要不要搬家這問題好像也就消失了。

因此後來仍繼續住在原來的房子……
該起床了～
呼啊～
阿徹
8:12
嚼
嚼
今天是收可燃垃圾的日子!!
走嘍!!
隨著轉換工作地點，看到的景色也不同……
轟隆……
英語會話
轟隆……
通勤電車路線也和以前不一樣
經過的街道、遇見的人也都不一樣。
donut
藥房
嘎啦啦……
嘿嘿
在我覺得似乎注入一股新氣息時……
喀嚓
喀嚓
喀嚓
今天一定要完成這分格圖～!!
喔～!!
有了一場美麗的邂逅……
很久沒有戀情的我有了男朋友。

因此最近每天過得愉快又充實，但是……
嗯~……
這些東西也可以丟了吧~
這個也可以丟了~
前幾天又在做斷捨離的時候……
丟
丟
丟
太好了！東西少很多了!!
哈哈哈
工作上用的東西也幾乎全拿去工作室了!!
乾淨俐落
東西變少了，那還是來搬家吧……
突然起了這樣的念頭。
對了!!找一個交通便利離工作室更近一點的房子~
希望廚房和陽台都再大一點，晾衣服又很方便的地方!!
……
轉圈
已經不需要這麼大的工作桌了~
那可以把客廳弄得寬敞舒服些~

如果那個人
也一起住，
大概更開心吧？
也突然開始描繪
和別人一起住的情景……
房屋仲介　公寓·大樓·土地
之後我又是
三不五時
找找房子……
喔，
這房子好像
很不錯～
～19:00
找房子
找我們就對了!!
以後的生活
又會如何變化呢……

後記

從《一個人住第5年》開始，
接著是《一個人住第9年》《一個人的每一天》，
這本《一個人住第幾年？》是第4本敘述我依舊樸實無華的一個人住的生活點滴。

在和當時的編輯松田小姐談一個人住系列第一本書《一個人住第5年》時，
我們決定把重點擺在第5年才有的駕輕就熟以及練就的生活智慧等上面，
但回頭再看看，第5年的時候其實還很稚嫩。

對更多事情感到驚慌失措忐忑不安，
連提著衛生紙走在路上都覺得很不好意思，
有時也會想家，而且那時的我年輕有活力！
最近不論是從好的方面或壞的方面來看，我都已經太習慣一個人的生活，太逍遙自在，
真的搞不清楚已經一個人住了幾年，所以這回才會定這樣的書名……。

《一個人住第5年》出版後，
《享受一個人住的生活》這本雜誌馬上找我畫連載「逍遙自在一個人住」，
從二〇〇四年春季號至二〇一四年冬季號共持續了十年以上。
《一個人的每一天》收錄了至二〇一四年夏季號的連載內容，之後的部分則收錄在這本書中。

本書還收錄更早之前刊登在《女性SEVEN》（『女性セブン』）的一篇
有關飯糰的漫畫（那時有一個專欄是各個漫畫家每週輪番登場創作漫畫小品）。
除了以上的篇章，其餘全是專為本書所畫的新作。

新作中最後畫的是在考慮搬家的最後那一篇，
大概兩個多月前才給編輯加藤看草圖⋯⋯。
在畫草圖時突然想應該來搬個家就如實地畫出來，
之後事情又有些進展，下下星期要去看一個房子。
那房子如果確定了，預定秋天開始兩個人住。

現在還沒實際去看房子，在寫這後記時也還一個人住在本來的房子，
也還不太能體會兩個人的生活，不過一想到這本書出版時可能已經開始了新生活，
不由得忐忑不安、心神不定。
會是怎麼樣的生活呢⋯⋯？

雖然年紀不小了，寫這些還是非常害臊的，
但我想今後還是要依自己的方式繼續努力過愉快的生活。
感謝各位讀者對本書的支持，希望你們今後也能繼續給予我愛護與鼓勵。

二〇一五年九月　高木直子

媽媽的每一天：
高木直子手忙腳亂日記
洪俞君、陳怡君◎翻譯

媽媽的每一天：
高木直子陪你一起慢慢長大
洪俞君◎翻譯

最新作品

媽媽的每一天：
高木直子東奔西跑的日子
洪俞君◎翻譯

再來一碗：
高木直子全家吃飽飽萬歲！
洪俞君◎翻譯

已經不是一個人：
高木直子 40 脫單故事
洪俞君◎翻譯

台灣出版16週年
全新封面版

150cm Life
洪俞君◎翻譯

150cm Life ②
常純敏◎翻譯

150cm Life ③
陳怡君◎翻譯

一個人出國到處跑：
高木直子的海外
歡樂馬拉松
洪俞君◎翻譯

一個人邊跑邊吃：
高木直子呷飽飽
馬拉松之旅
洪俞君◎翻譯

一個人去跑步：
馬拉松 1 年級生
洪俞君◎翻譯

一個人去跑步：
馬拉松 2 年級生
洪俞君◎翻譯

一個人吃太飽：
高木直子的美味地圖
陳怡君◎翻譯

一個人和麻吉吃到飽：
高木直子的美味關係
陳怡君◎翻譯

一個人暖呼呼：
高木直子的鐵道溫泉秘境
洪俞君◎翻譯

一個人到處瘋慶典：
高木直子日本祭典萬萬歲
陳怡君◎翻譯

一個人去旅行
1 年級生
陳怡君◎翻譯

一個人去旅行
2 年級生
陳怡君◎翻譯

一個人搞東搞西：
高木直子閒不下來手作書
洪俞君◎翻譯

一個人好孝順：
高木直子帶著爸媽去旅行
洪俞君◎翻譯

一個人做飯好好吃
洪俞君◎翻譯

一個人好想吃：
高木直子念念不忘，
吃飽萬歲！
洪俞君◎翻譯

一個人的第一次
常純敏◎翻譯

一個人住第 5 年
（台灣限定版封面）
洪俞君◎翻譯

一個人住第 9 年
洪俞君◎翻譯

一個人的狗回憶：
高木直子到處尋犬記
洪俞君◎翻譯

一個人上東京
常純敏◎翻譯

一個人漂泊的日子①
陳怡君◎翻譯

一個人漂泊的日子②
陳怡君◎翻譯

我的 30 分媽媽
陳怡君◎翻譯

我的 30 分媽媽②
陳怡君◎翻譯

TITAN 120

一個人住第幾年？

高木直子◎圖文
洪俞君◎翻譯　何宜臻◎手寫字

出版者：大田出版有限公司
台北市104中山北路二段26巷2號2樓
E-mail：titan@morningstar.com.tw
http：//www.titan3.com.tw
編輯部專線（02）25621383
傳真（02）25818761
【如果您對本書或本出版公司有任何意見，歡迎來電】
法律顧問：陳思成律師

填寫回函雙重贈禮❤
①立即購書優惠券
②抽獎小禮物

總編輯：莊培園
副總編輯：蔡鳳儀
行銷編輯：張筠和
行政編輯：鄭鈺澐
助理編輯：郭家妤／葉羿妤
校對：黃薇霓／金文蕙
初版：二〇一六年六月一日
20刷：二〇二三年十月二日
定價：新台幣 280 元
購書E-mail：service@morningstar.com.tw
網路書店 http://www.morningstar.com.tw（晨星網路書店）
TEL：04-23595819 # 212　FAX：04-23595493
郵政劃撥：15060393（知己圖書股份有限公司）
印刷：上好印刷股份有限公司

國際書碼：ISBN 978-986-179-450-1 / CIP：861.67 / 105004892

想說來存點錢，就買了一個撲滿回來。
跟人家說：「我買了撲滿，要開始努力存錢。」
結果被笑跟小學生一樣。
有人告訴我，撲滿裡只存50日圓硬幣累積起來會很可觀，
所以我打算這麼做。

50

他們還告訴我平常買
東西的時候要盡量讓
人家找回50日圓。

撲滿當然
非豬公莫屬。

再聊嘍

FROM 高木直子

前幾天，我摸到很燙的東西說：
「哇～chinchikochinya！（好燙喔）」
大家都笑我。 這個是方言嗎？

想要彩色影印東西，可是到處都找不到
有彩色影印的地方，走得我熱死了。

再見嘍

（有彩色影印機）

找看看有沒有7-11，
可是這種時候偏偏
看到的都是全家便利或是
am.pm

好熱喔

結果是在
一家看起來
很詭異的影印店影印。

接著我不知道為什麼跑去買了內衣。可是女生的內衣好貴喔～。
儘管買上下一套穿起來應該是更好看，不過我只買2件上面的。

一個人吃火鍋

沉默
泡泡
噗
嗯～

妳頭痛
好了嗎？

台場開了一家名叫VenusFort的購物中心，
中世紀的街道上有很多女生喜歡的店，
感覺很棒。妳應該再去走走看看。
還有橫濱也開了一家很大的店，我去了，結果看到
澀柿子隊的布川敏和也在那裡。不斷有新的東西出現，
我覺得這就是東京的活力。

摘自1998～2000年
左右的FAX

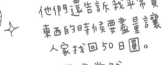